一笑

古龍自署

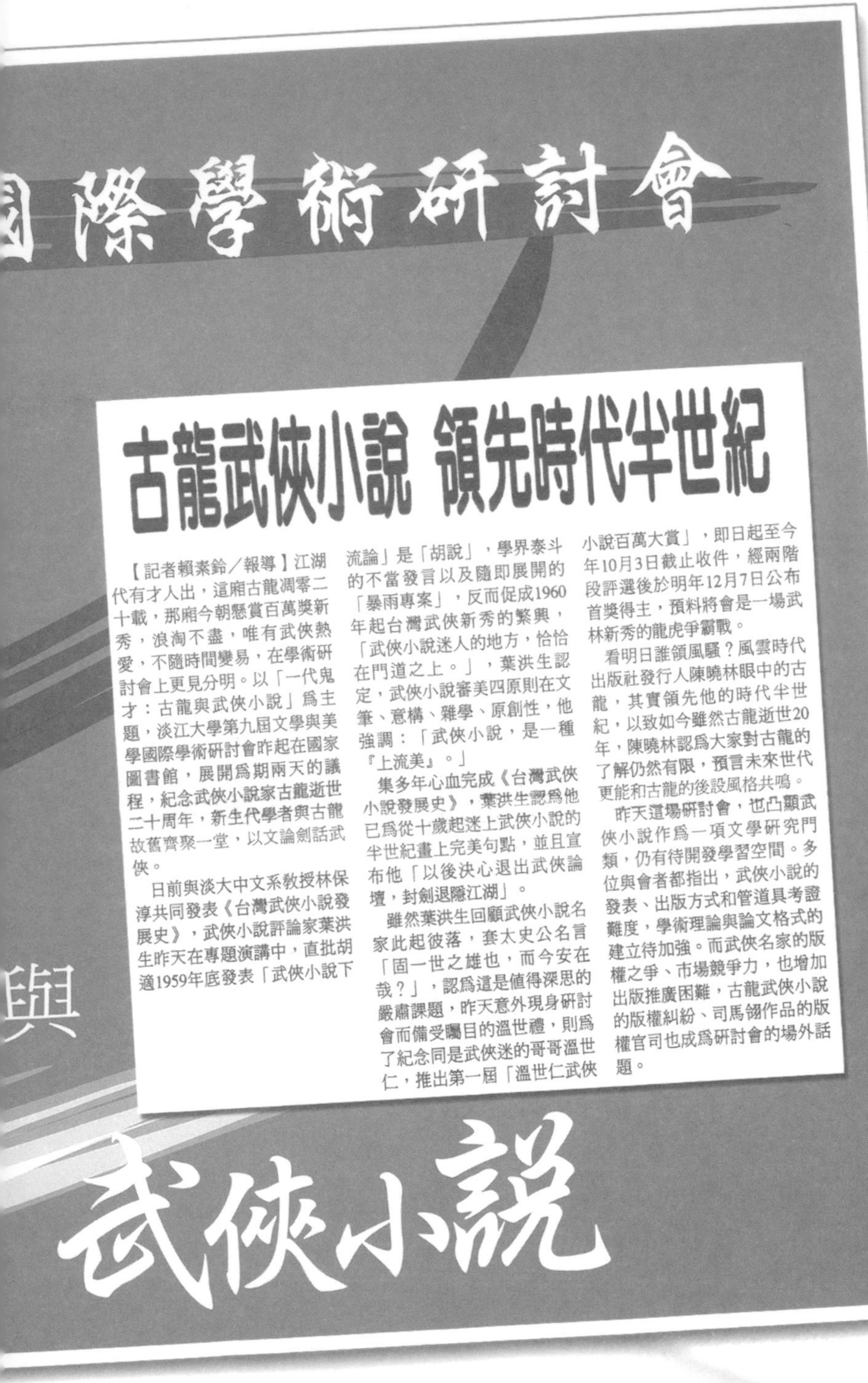

古龍武俠小說 領先時代半世紀

【記者賴素鈴／報導】江湖代有才人出，這廂古龍凋零二十載，那廂今朝懸賞百萬獎新秀，浪淘不盡，唯有武俠熱愛，不隨時間變易，在學術研討會上更見分明。以「一代鬼才：古龍與武俠小說」爲主題，淡江大學第九屆文學與美學國際學術研討會昨起在國家圖書館，展開爲期兩天的議程，紀念武俠小說家古龍逝世二十周年，新生代學者與古龍故舊齊聚一堂，以文論劍話武俠。

日前與淡大中文系教授林保淳共同發表《台灣武俠小說發展史》，武俠小說評論家葉洪生昨天在專題演講中，直批胡適1959年底發表「武俠小說下流論」是「胡說」，學界泰斗的不當發言以及隨即展開的「暴雨專案」，反而促成1960年起台灣武俠新秀的繁興，「武俠小說迷人的地方，恰恰在門道之上。」，葉洪生認定，武俠小說審美四原則在文筆、意構、雜學、原創性，他強調：「武俠小說，是一種『上流美』。」

集多年心血完成《台灣武俠小說發展史》，葉洪生認爲他已爲從十歲起迷上武俠小說的半世紀畫上完美句點，並且宣布他「以後決心退出武俠論壇，封劍退隱江湖」。

雖然葉洪生回顧武俠小說名家此起彼落，套太史公名言「固一世之雄也，而今安在哉？」，認爲這是值得深思的嚴肅課題，昨天意外現身研討會而備受矚目的溫世禮，則爲了紀念同是武俠迷的哥哥溫世仁，推出第一屆「溫世仁武俠小說百萬大賞」，即日起至今年10月3日截止收件，經兩階段評選後於明年12月7日公布首獎得主，預料將會是一場武林新秀的龍虎爭霸戰。

看明日誰領風騷？風雲時代出版社發行人陳曉林眼中的古龍，其實領先他的時代半世紀，以致如今雖然古龍逝世20年，陳曉林認爲大家對古龍的了解仍然有限，預言未來世代更能和古龍的後設風格共鳴。

昨天這場研討會，也凸顯武俠小說作爲一項文學研究門類，仍有待開發學習空間。多位與會者都指出，武俠小說的發表、出版方式和管道具考證難度，學術理論與論文格式的建立待加強。而武俠名家的版權之爭、市場競爭力，也增加出版推廣困難，古龍武俠小說的版權糾紛、司馬翎作品的版權官司也成爲研討會的場外話題。

第九屆文學與美
一代鬼

古龍兄為人慷慨豪邁、跌蕩自如，變化多端，文如其人，且復多奇氣，惜英年早逝。余與古兄當年交好，且喜讀其書，今既不見其人，又無新作可讀，深自惋惜。

金庸

一九九六、十、十一、香港

古龍

古龍

真品絕版復刻 6

月異星邪

上

古龍 著

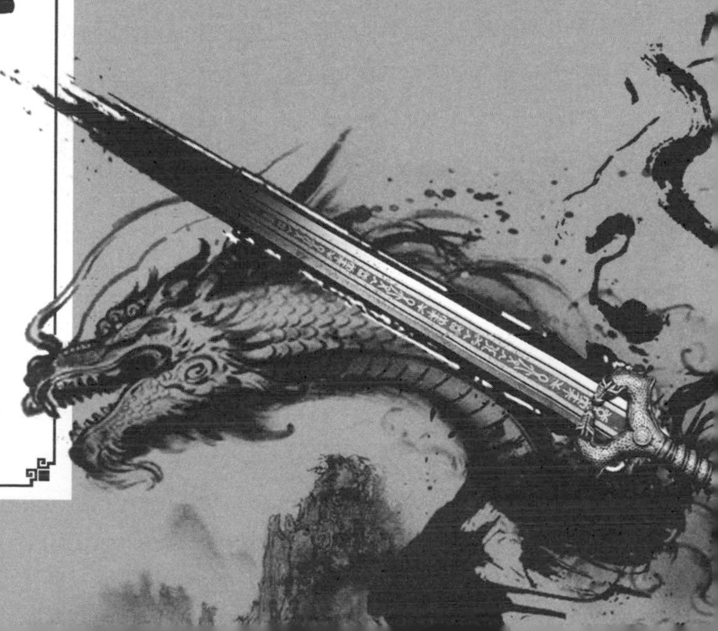

古龍真品絕版復刻說明

由於版權限制之故，本專輯「古龍真品絕版復刻」所集六種古龍最早期武俠作品，在台灣已絕版很多年，而本版推出後也不會再印行問世，故稱「絕版復刻」。此版本限量發行，只以饗有緣人。

殘金缺玉，碎鑽散翠，卻可由此透視後來光芒萬丈、膾炙人口的古龍武俠諸名著，其最根柢處的靈氣之源和俠情之始。凡對古龍作品有真正興趣、愛好的讀友，必會收存這個專輯，並可由此看出：當古龍將這些金玉鑽翠串綴起來時，是何等的璀燦奪目？

目錄

【導讀推薦】

《月異星邪》的奇幻與俠情

著名文化評論家 秦懷冰

《月異星邪》與《失魂引》是古龍最早期兩篇拓展武俠書寫內容和視域的投石問路之作，皆發表於一九六一年，未有連載，直接出書，且均是首尾完整，一氣呵成。

現已無法究明古龍寫作此二書的先後順序，但可以確定的是，在同一段相對短促的期間，卻同時創作了兩部題旨和類型截然不同的武俠作品，一部以偵探推理為基調，另一部則結合了奇幻與俠情的要素，頗可看出少年古龍的創作活力之旺盛。

古龍對前輩作家還珠樓主的奇幻武俠作品不但喜愛，而且花過不少工夫分析，對於還珠代表作《蜀山劍俠傳》尤其熟能成誦；在《月異星邪》的起始章節，即黃山上類似上古盤蜃星蜍等恐怖異物肆虐的情景，分明取法於還珠；但相對於還珠將此類怪物置於遠離人世的，近乎虛擬世界或「元宇宙」的領域，古龍則予以修正，使這類懾人心魄的異物直接與血肉之軀的武林人物發生衝撞——這是古龍取徑於先賢，卻不拘泥於前人設定的套路之表現，也正是他時時要突破窠臼的創作心靈之自然流露。

其實，與恐怖異物相鬥的情節，只是一個引子，在旁處心積慮要施暗襲的女魔頭溫如玉伺機戕害了主角卓長卿之師，以致種下了解不開的冤仇，而溫如玉更與一直在旁糾纏不休的邪派耆宿「萬妙真君」尹凡發生愛恨交迸的互動，以致這些上一代的恩怨情仇影響到下一代人的正常生活，這些，才是故事的主軸。

而愛恨交織，恩怨難分，世人心理的矛盾是否永難化解；甚至邪派是否果真罪不可赦，正派是否亦多兩面人；凡此，其實都是古龍小說經常藉由情節的設置和推展而在質疑、在反思的「大哉問」。而《月異星邪》中卓長卿與溫如玉之女溫瑾由邂逅而相戀，由相戀而對報仇一事開始有所躊躇，足可反映古龍對武俠小說書寫傳統上沿襲不替的「報仇模式」之質疑，自他創作伊始便已在醞釀中，而且，他的質疑將會愈來愈有深度，也愈來愈具顛覆性。

日後古龍在成熟期名著如《多情劍客無情劍》中，李尋歡幾度原諒龍嘯雲對他置於死地的陷害，《邊城浪子》中葉開放過殺父仇人，而傅紅雪的報仇則根本是一場誤會；凡此對「報仇模式」的解構與昇華，其實是古龍心目中藉由武俠作品在刻畫對人心和人性的洗滌與淨化。看來，這種理念早在創作《月異星邪》時，分明即已樹立。

研究古龍作品甚力的評論者陳舜儀指出，本書可能受過司馬翎《關洛風雲錄》的影響，因兩書之主角均愛上師門宿仇之女，以致恩怨糾結。

從古龍早年喜愛司馬翎作品的情況看，這一研判是很有說服力的；不過，在短短兩年的所謂「起步期」或「試筆階段」之後，古龍一飛沖天，寫下的經典名著不勝枚舉，到了八〇年代，反而是司馬翎刻意模仿古龍。無論如何，當年兩位武俠創作界的巨擘曾經交互影響的這項錚錚史實，倒不失為台灣武俠小說史的一大佳話。

第一章 人奇獸異

月華清美，碧空澄霽。

皖南黃山，始信峰下的山崖巨石，被月色所洗，遠遠望去，直如青玉。草色如花，花色如瓊，正是造物者靈秀的勝境。

秋意雖已侵人，但晚風中仍無凜冽的寒氣，山坡下陡然踱上一條人影，羽衣星冠，丰神沖夷，日光四周一轉，忽地回首笑道：「孩子們，江南水秀山青，現在你們可知道了吧，若不是為師帶你們離開梱柱一樣的家，恐怕你們一輩子也無法領略這些仙境。」

話聲雖清朗，但細細聽來，其中卻有一種令人悚慄的寒意。

他話聲一落，後面立刻有幾聲低低的回應之聲，接著又走上三個稚齡的童子，梳著沖天辮子，一眼望去，俱是滿臉伶俐之色，六隻眼睛，在夜色中一眨一眨地，宛如星光。

其中一個穿著黃衣的童子，目光朝那掩映在月色雲海裡的山峰一望，兩隻明亮的大眼睛轉了兩轉，也自開口笑道：「師父，你老人家是不是就住在上面的山頂，為什麼不帶徒兒們快些上去？這裡的風景雖然好看，可是等我們學好本領，再看也不遲。」

那道人哈哈一笑，笑聲方住，忽地面容驟變，微撩道袍，左手一攬那黃衣童子，右手微抄，將另兩個童子也抄在懷裡，腳尖頓處，嗖地一聲，頎長的身軀，倏然向山路左側的一處山崖掠去，寬大的道袍凌空而舞，卻不帶絲毫風聲。

夜色本深，萬籟俱寂。

這深山裡此刻似乎沒有任何聲音，但聞山風簌簌，秋蟲低語。

但你若耳力倍於常人，你就可以聽出已有笑語之聲隨風而來，而且來得極快，霎眼間，已有三條人影掠上山坡。

當先一人，也是一個垂髫童子，卻穿著一襲長衫，像是一個黌序中的童生，但身手卻甚快，竟似武功已頗有根基。

後面兩人，一男一女，雖是飛身急行，但步履之間，望上去卻是那樣安閒從容。男的身材不高，年紀已過中旬，但神采飛揚，眉目之間，正氣逼人，卻是令人不禁為之心折的男子漢。

女的方只三十許人，體態婀娜，眉目如畫，左手輕輕挽住那男子的右臂，纖腰微扭，便已倏然掠過三四丈遠近。

這三人一掠上山坡，危崖上一塊巨大的山石後面，那羽衣星冠的道人面上，立刻泛起一絲冷誚的笑容，竟似隱含殺機。

那中年漢子一掠上山坡，也自放眼一望，左手輕輕扣住那美婦的纖手，微微一笑，將那隻春蔥般的柔荑往自己臂彎處一按，曼聲笑道：「黃山陰嶺秀，月華浮雲端，林表明霽色，城中還未寒。」

音節鏘然，入耳若鳴，那美婦聽了，卻「噗嗤」一笑，道：「你這人總是這樣子，上次和崑崙掌教對掌時，把人家的鎮山掌法少陽八十一式稍微變化了一下，就用來對付人家，氣得那三靈老道發下閉關十年的重誓，說不定從此嗚呼哀哉，現在呢——」

她梨窩又淺淺一現，接著又道：「卻把人家唐朝大詩人吟詠終南餘雪的詩句，改了改拿來吟詠這黃山秋色，夜詠陰靈若有知，怕不打你兩個嘴巴才怪。」

兩人方自笑語，先行的那垂髫童子忽地轉過身來，一張清秀挺逸的小臉上，竟似略顯驚慌之色。那美婦見了，微顰黛眉，問道：「長卿，什麼事？」

那叫長卿的童子，伸手朝危崖後面一指，像是有些驚惶地說道：「媽，你聽那面怎麼忽然傳來這些聲音，是不是有些奇怪呀！」

這一對宛如臨風玉樹的璧人眉頭各自微皺，果然聽到危崖後面遠遠竟傳來各種野獸的嘯聲，甚是淒涼，卻又極為繁雜，其中還像是雜有虎豹豺狼之類猛獸的吼聲，奔湧而來。

那中年漢子笑容便倏然收斂，凝神聽了半晌，不禁詫道：「黃山雖綿延甚廣，但這類猛獸，卻並不太多，就是有出來覓食的，也是在日落前後，而且還是在叢莽偏僻之處出沒。現在已是夜深，萬籟早應全寂，怎會突然如此吼叫。」

此時這三人都已走到那危崖之下，就都停下腳步。危崖上的那個道人，以目示意，叫那三個童子都屏住聲息，自己卻不免也為這種淒涼離亂的獸吼之聲大感驚異，面色也自異常凝重。

雖有秋風，但並不甚大。哪知瞬息之間，崖下忽地山風大作，呼呼作響，風勢極為猛惡。但是山坡附近，這些人的來路一帶，卻仍然是風輕而柔，連樹枝草木都沒有什麼吹動的跡象。

這一對夫婦，乃武林中的一代大俠，聲名漫布宇內。這中年漢子卓浩然，自夜闖少林十八羅漢堂，笑挫崑崙掌教三靈道人，以腰中一柄靈蛇軟劍，怒掃黑道中聲名赫赫的陰山三十二舵之後，在武林中久已被尊為第一高手。

他年紀雖不甚大，但俠蹤所及，關內關外，白山黑水，斜陽古道，小橋農舍，岱宗西秀，都早已暢遊一遍，自是久慣山行。此時虎目四轉，望見隔坡那面塵土飛揚，滾滾高起，上空天色，卻仍然月華澄碧，群星閃爍，知道情形有異。

於是他目光一凜，沉聲道：「此刻情形太不尋常，山中必已生出巨變，我們萬萬前行不得，還是先找個地方，觀望一下，再決定行止好了。」

山崖上的那道人心中不禁陡然一驚，暗忖道：「莫要這姓卓的也掠向這裡來——」

哪知他念頭尚未轉完，卻見這中原大俠卓浩然，一手攜著他的愛子，身形一動，倏然拔起四丈，右手一掄，竟在空中將他愛子用力送上了自己對面一處比自己處身的這山崖還要高些的坡頭上去。

這中原大俠卓浩然，以內力雄厚稱譽武林，哪知輕功卻也高絕，右手一掄之後，身形借著這一掄之勢，竟又上升三丈。

然後他一聲長吟，腳尖找著坡側生出的一株樹枝輕輕一點，便躍至坡頂。這一手妙絕人寰的凌空上天梯，不但使得對面山崖上巨石後的那三個孩子為之失色，險些脫口喚出「好」來，就是那個羽衣星冠的道人，自負輕、軟之功天下無雙，但此刻見了，面上也不禁動容，越發屏住呼吸，不敢發出聲來。

這卓浩然一躍上坡頭，立刻從腰間的一個革囊裡取出一條軟索來，迎風一抖，十餘丈長的一條軟索竟伸得筆直，然後便朝坡下落去，那美婦嬌軀微折，拔起三丈，剛好抓住這軟索的頭端。

卓浩然健腕一挫，雙手交替著往上抽了兩三次，那美婦便也如驚鴻般掠上山坡，兩人之間，配合得嚴密、曼妙，已臻絕頂。

這種驚世駭俗的武功，看得對面山崖上的道人不禁為之暗歎，忖道：「看來不但這個姓卓的武功高強，就連這飛鳳凰杜一娘也名不虛傳，一別多年，想不到這對夫婦的功夫又增進如許，我這麼多年的苦心孤詣，難道又是全部白費了嗎？」

雙眉又越發緊皺，但看了他身側的兩個孩子一眼，卻似隱隱泛出喜色。

但這時獸嘯之聲愈吼愈厲，他不禁也暫停思索，側首向崖下望去，只見前面是一片頗為寬闊的盆地，蜿蜒橫著一條去始信峰的山徑，再過去就是一片山嶺，斜斜地伸向遠方，不但綿亙不斷，而且其中危峰峭壁，山勢高陡，雄險異常。

那邊的卓浩然夫婦，除了這些，卻還看到這片山崖（就是那羽衣星冠的道人存身之處）和那山嶺成平行之勢，循石伸出，對坡之處，就是塵霧的起處。一陣陣的旋風，捲起十多丈高的塵霧，由山崖這邊，朝對面怒濤似的駛過。

最怪的是，這風塵竟一陣接著一陣，奔湧不已。卓浩然的愛子長卿，今年方只十歲左右，此刻見狀不禁有些吃驚，問道：「爹爹，這山風怎地這麼奇怪？」

卓浩然濃眉一皺，卻轉身向他的愛妻道：「一娘，你看清了沒有，想不到師父昔年對我說過的話，今天真給我見著，現在雖然我還拿不準，但總也八九不離十了。」

飛鳳凰杜一娘本還沒十分注意，此刻定睛望去，果然看到那風塵之中，竟然有野獸在內。先前所過的，沒有看到，此刻卻是鹿兔山羊之類，百十為群，箭也似的朝前面躥去。

杜一娘也是久走江湖的俠女，此刻見狀，不禁皺眉問道：「這是怎麼回事，是不是那面山林起火，可是卻怎的沒有看到火頭呢？」

卓浩然搖了搖頭，卻沒有答話。卓長卿看到他爹爹面色如此凝重，也就不敢再問。

放眼望去，卻見那邊十幾陣塵頭過去之後，還未停得瞬息，後面風沙又起，塵霧卻比先前低些。

他再定睛一看，卻不免為之驚喚出聲。

原來這陣風沙裡，竟是千百條大小蛇蟒，一條條，以無比的速度，匹練似的往前竄去，有的五色斑斕，有的銀光閃閃，而且越到後面，蛇身也就越長大，竟有長達十丈的。

這些蛇蟒激起的風沙，竟比先前野獸行過之時還盛，所過之處，激得地上塵霧浮空，竟像是一條橫亙半山的灰色長虹。

卓長卿的年紀雖輕，但自生下之後，被其父耳提面命，這一代大俠的愛子，武功自也不凡，不但如此，而且深具乃父的俠義之風。

此刻見了這種情形，忍不住道：「爹爹，山林雖然沒有失火，孩兒看這一定是這些兇殘的大蛇，去追殺那些馴獸，所以才有這種情況發生。而且爹爹常說這黃山是個名山，山中的寺觀一定很多，那麼一定就有一些僧人和樵夫。這些大蛇盤踞在這裡，豈非大害？爹爹你既然路過看到了，不如就想法子把牠們除去吧！」

這天資絕頂，而又生具俠心的童子侃侃而言，兩隻大眼睛，眨也不眨地望在他爹爹臉上，觀望他爹爹的面色。

哪知卓浩然面色鐵青，聽了卻沒有任何表示，沉吟了半晌，忽然道：「我們再到前面看看，不過可要小心些，那些蛇蟒，一定俱都有毒，甚至還有毒氣噴出，嗅著一點，便是不得了。」

說著，他自懷中取出一個碧綠色的瓶子，倒出幾粒碧綠色的丸藥，又道：「你們將這避毒丹在鼻孔裡各塞上一粒，然後再在口裡含一粒，等會到了前面，也要留心些，站得遠一些才好。」

杜一娘皺著眉，輕聲道：「那麼就叫卿兒留在這裡不要去吧，免得等會兒出了意外。」

慈母關切愛子之情，溢於言表。卓浩然望了望那孩子一眼，卻見他滿臉都是渴望的神情，嚴峻的臉上，不禁泛起笑容，道：「卿兒這兩年來內功進境不慢，輕功也蠻好，別的不說，要逃命總還可以，我看就讓他去吧，免得一個人留在這裡，也不妥當。」

卿兒聽了，自然雀躍三丈。杜一娘抿嘴一笑，佯嗔道：「你看你把他慣成這副樣兒，長大了，怕不又是一個魔星。」

卓浩然又自朗聲一笑。這山坡雖然甚陡，但是還是略有坡度，他當先躍了下去，那母子兩人，竟也能相繼縱下。

這三人略一停留，便相繼朝那塵霧掠過之處飛縱了過去。

這時，那山崖上的三個幼童才透出一口氣，又是那穿黃衫的童子道：「師父，那父子三個人是誰，武功怎麼那樣高，好像和師父差不多嘛，那邊又是出了什麼事，怎麼那麼多的野獸奔過去？」

這黃衫童子聰明伶俐之色溢於言表。那道人皺眉暗思，卻好像沒有聽到他講的話。過了半晌，他忽然一拍大腿，低語道：「這姓卓的自命俠義，去招惹那些東西，大概是他活得不耐煩了。」

嘴角掛起一絲冷酷的笑意，像是對那中原大俠積怨頗深。

然後，他又轉過頭去，對那三個童子道：「你們在這裡耽一下，不要動，為師過去一下，馬上就回來。無論遇著什麼事，切不要離開，知道了嗎？」

那黃衫童子「嗯」了一聲之後，卻又問道：「師父，你是不是要去除掉那些毒蟲？你老人家放心好了，無論遇著什麼事，我們都不會離開的，一定等著你老人家回來。」

道人冷笑了一聲，本來頗為清逸的臉上，突然露出一股邪惡之氣，冷削地說道：「孩子，你們懂得什麼？這些蛇蟒雖然凶毒，前面可還有比牠們凶毒十倍的東西。這些蛇蟒猛獸跑得那麼快，卻多半是往前面送死的，而且越是長大凶狠的，也許死得越快。」

話到這裡，他稍微停頓一下。那黃衣童子眨著大眼睛，又問道：「真的嗎？」

那道人本來已自飛身欲去，望了這孩子一眼，似乎覺得頗為喜愛，於是頓住身形，道：「為師久居黃山，早已看出那面一個絕谷裡，生有奇毒之物，雖然沒有去看是什麼東西，大概是上古盤蜃星蜍一類的東西，這種東西其毒冠絕天下，每逢腹饑思食的時候，只要幾聲怪叫，或是放出牠特有的毒氣，附近數百里之內的毒蛇猛獸，就會乖乖地跑過去，俯首送死。」

那三個童子聽到這裡，不禁都睜大眼睛，露出驚異之色。

那道人冷笑一聲，又道：「每當一個地方毒蟲蛇蟒繁殖太多的時候，就會有這麼一個怪物出來，給牠一掃而光，吃完了就大睡特睡。等牠收了毒氣，被牠吃剩下的蛇獸才敢逃走。所以這種怪物雖然奇毒奇凶，卻有一件好處，就是可以用牠來消滅別的毒物。」

那黃衣童子本是書香之後，被這道人看中後，才帶到這裡來。此刻聽了這樣像是《山海經》上的神話一樣的言語，不禁更睜大了眼睛，而且露出極為欽服的神色，歎息一聲，道：「師父，你老人家知道得真多。」

那道人微微一笑，目光睥睨一掃，道：「孩子們，告訴你們，為師不是自誇，不但輕、柔功可稱一絕，醫卜星相，無一不通，尤其是普天之下的毒物，更是沒有一樣能逃出我的手裡的。」

他極為自負的一笑，那黃衣童子又接口問道：「那麼師父你老人家又為什麼不乘那怪物睡死的時候將牠除去呢？那樣不是也可以為人間除去一個大害嗎？」

這道人又冷笑一聲，道：「這些東西以毒攻毒，自相殘殺，又關我什麼事，我又何必冒著萬難去除掉牠們，這些事自然有那些自命不凡的蠢才去做。人不犯我，我不犯人，但是只要有人生事得罪到為師頭上，那麼他就算三頭六臂，也逃不出為師的手裡。」

那黃衣童子「嗯」一聲。他年歲尚幼，當然分不清邪正，只覺得他師父的話雖然和自己幼時所讀的聖賢之書大相徑庭，但聽來卻痛快得很，臉上更是露出不勝欽服的神色來。

這道人目光掃過，頗為滿意的一笑，伸手輕輕撫摸了一下這黃衣童子的頸項，又囑咐了一句，道袍飄處，人也在崖上朝那邊掠去。

他身形動處，竟宛如一道輕煙，輕身之術，果然已可謂之登峰造極。幾個起落之後，他忽然頓住身形，也從懷中掏出幾粒丹藥放在嘴裡，然後目光四掃，忽又身形斜掠，退到崖邊的一處突出的山石之後，露出半邊面孔朝前面窺視。

原來卓浩然夫妻父子三人，掠到前面後，也竄到這片山崖上。

卓浩然之師，正是百十年來，江湖上素有第一奇人之譽，風傳已成不死之身的地仙古鯤。

此人不但功參造化，而且學究天人。卓浩然雖因天性所限，除了武功之外，古鯤老人別的絕學，他並沒有學得什麼。

但是多年來耳濡目染，他見識自也超人一等，此時他見了這種情況，也已測出一個大概來，卻也正和那道人所見相同。

此刻，蛇群已過，他方將這些和他妻、子說了，忽然聽到遠遠又起了一陣窸窣爬沙之聲，接著群響騷然，飄飄之聲，倏然而起。

他們三人的立處，就在道旁的山崖之上，下面的雜草，本甚繁茂，但因經過了方才那一陣蛇獸的踐踏，已壓成一條馳路，而且有些地方，草已枯黑，自然是因為被一些毒蛇的毒涎所染而致。

此刻異聲再起，他們循聲一看，竟有許多蜈蚣，劃行如飛，百十成群而來。其中最大的，幾達兩三尺，昂首張鉗，目射金碧之光，身上被月光所映，更閃著極為醜惡而難以形容的色彩，竟像是一片錦雲，貼著地面倏地飛來。

杜一娘只覺一股寒意，自背脊直透前胸，不禁緊緊依偎在她丈夫胸前，柔荑也被卓浩然緊緊握在他那寬大的手掌裡。

卓浩然只覺得他愛妻掌心滿是冷汗，不禁安慰的一笑，道：「一娘，別怕。」

又緊緊握了握手掌，目光動處，卻見卓長卿臉上竟沒有半絲懼容，不禁帶著些安慰，又帶著些贊許的微笑一下。

蜈蚣過後，後面跟著來的竟是一群蠍子，多半是灰色的，前面搖著鐵叉般的長鉗，尾後毒鉤上翹，也是成群朝前飛掠。

蠍子過後，竟還有守宮、壁虎之類的毒物，也是如飛般地掠過。

蛇群過後，本來塵霧就未消，再經這些蜈蚣蠍子等奇毒的惡蟲掠過，漫天霧影中，又添上絲絲縷縷的綠煙彩氣，冉冉而升。

遠遠望去，但覺漫天瑞氣氤氳，但卻不知這些都是要命的毒氣呢。

卓浩然夫妻、父子三人的立處，雖然很高，而且距離那些蛇蟲的霧陣，還有十餘丈遠近，但此刻已不時聞到毒腥之氣撲鼻而來，頭腦竟然已覺得有點發悶和想嘔吐的感覺。

他知道霧氣奇毒，遠處已是如此，還是早已含有極靈妙的避毒丹丸，如果身在這毒霧之中，想必定然是凶多吉少。

卓浩然低頭思忖了半晌，等那各類奇毒的蛇蟲全都過盡，漫天氤氳的毒霧，也消沉了十之七八，才側目沉聲道：「二娘，這些毒蟲雖然完全難逃劫數，但剩下的，必定還存甚多，也難免為禍人類，而且踞伏在前面谷中的毒物，又不知是什麼。但願牠大嚼過後，像師父所說，能長眠不醒，那麼我就可以相機除去，也為世間除一大害。」

他語聲一頓，閃蘊神光的雙目，在他愛妻、愛子的面上一掃。

然後他便又說道：「但是無論如何，此行總是極為凶險，我勢又不能坐視不理。你和卿兒最好留在這裡，我循著這些毒蛇所經之路前去看看。」

杜一娘將她丈夫的手抓得更緊，帶著惶急的聲音說道：「大哥，你一個人去恐怕不行吧！我——我又有些害怕。前面那毒物你既然說得那麼厲害，你去了，萬一有什麼——」

她話未說完，卓浩然已微微一笑，截住了她的話，柔聲說道：「一娘，你說這些話就錯了，難道你還不知道我的脾氣？」

他又一笑，笑聲中微微帶著些自信的傲意，接著又道：「而且自從我練成十二都天神功之後，就始終沒有機會試過威力，這次正好拿這毒物試試手。你放心好了，我不會怎樣的。」

杜一娘心裡雖然一百二十萬個不願意，但自結婚以來，她知道他只要自己說過的話，從來沒有一句說出後不算的。她當然為她丈夫的安危著急，但心裡卻也暗暗為自己有這樣的丈夫而歡喜。

於是她緊握了握她丈夫的手，歎息著淺淺一笑，點頭道：「大哥，我知道你要做的事總是對的，不過你一定要小心些。你雖然功力已入化境，可是對付那些毒物，卻沒有什麼經驗。這裡，你不用煩心，我和卿兒絕對不會出什麼事的。」

卓浩然心胸之間，但覺溫馨無比，也緊緊一握愛妻的手，笑道：「我娶你為妻，再加上卿兒又乖，可說一生無憾。一切事我自會小心，你也不必掛念。不用多久，我就回來的。」

說罷，他又走過去撫了撫他兒子的頭，回顧一笑，腳尖頓處，身形乍展，矯健的身軀，便像一隻巧燕似的沿著蛇蟲的去路掠去。

杜一娘望著她丈夫曼妙而輕靈的身形，幸福地微喟一聲，拍著她愛子的手道：「卿兒，你要好好的做人，長大了跟你爹爹一樣，做個頂天立地的男子漢大丈夫，被天下武林同道所尊敬，知道嗎？」

卓長卿只覺自己熱血奔騰，恨不得自己馬上就長大成人，步著他父親的後塵，在武林中做一番轟轟烈烈的大事業出來。

他堅毅地點了點頭，說道：「媽，你放心好了，將來我長大了，決不會丟爹爹媽媽的臉。」

杜一娘又輕輕一笑，暗自忖道：「我有這麼樣的丈夫，這麼乖的孩子，我真是世界上最幸福的女人了。」

他們母子兩人，緊握著手，站在這山崖的邊上，正滿懷幸福，卻不知在他們身後，正滿面獰笑的站著一個要毀去他們幸福的人。

而這人，也是飛鳳凰杜一娘的舊友，武林中的魔頭，萬妙真人尹凡。也就是那看來丰神沖夷、羽衣星冠的道人。

卓浩然施展開身法，快如流星般地沿著地上的殘草痕跡，冒著空中尚未完全消散的毒塵飛沙，朝那邊綿亙不絕的山嶺掠去。

他身形如燕，微一起落，便是四五丈遠近，不消片刻，便已走到一處峽谷的谷口。遠遠望去，從谷口樹隙之中，就可以看到一縷縷的彩煙，婀娜搖曳空際，月華漫地，星光閃爍，映得這些彩煙，幻成一種無法描摹的異色，好看已極。

卓浩然雖然含有極妙的避毒靈藥，但此刻卻仍然不敢有絲毫大意，身形一展，掠上了谷口兩旁的山崖，沿著山崖的頂端，飛掠了數裡，才發現這條峽谷竟有七八里深，當中有一片盆地，盡頭之處，卻是一個前無通路的死谷。

死谷近底之處，兩邊的山崖，突然向裡束緊，形成一條像是直拱的死谷，兩邊崖頂，齊平相向，卻漸漸向前高起，直到谷底橫壁，竟有些像是一條大船兩邊的船舷，那谷底之處便是船頭了。

卓浩然心中一動，忖道：「莫非這裡就是黃山絕險之一的鐵船頭嗎？」

目光再往前望，谷底崖深之處，竟有一大黑洞，黑洞旁邊的山石，狼藉飛列。

他心中又一動，忖道：「難道這怪物就是從裡面裂山穿穴，強自破山穿出來的嗎？」

心念至此，不禁頓住身形，但奇怪的是此時此地竟連一絲聲音都沒有，這偌大的一處山谷，竟像是一座墳墓一樣。

他方自頓住身形，奇怪著這四周死寂的時候，忽然——

谷底那盆地左右，傳來一聲有些像是兒啼般的厲嘯，嘯聲悠長淒厲，連卓浩然這種人物聽了，都不禁為之悚慄。

他稍一遲疑，便又一掠而前，才兩個起落，目光觸處，便看到一件他這名滿武林、俠蹤遍及宇內的大俠平生未見的奇事。

原來此時，谷底那山石狼藉的崖洞前一片廣大的盆地上，竟滿布著蛇蟲猛獸，乍見只覺煙塵浮動，像是非常紊亂。

但仔細一看，這些蛇蟲猛獸，卻是各依其類，有的做一堆一盤，有的踞伏地上。

蛇、蟲、獸的行列，極其分明。

這些蛇蟲猛獸，一齊都是頭向著谷底那面，最前面是蛇蟲和蜈蚣之類的極毒之物，後面依次而下，那些猛獸都遠遠縮在後面。

這些蟲獸為數之多，直不可數計，奇怪的是，這些蛇蟲猛獸之中，卻有一條道路。

更奇怪的是，這麼成千成萬，平日只要單獨相遇，就立刻會起惡鬥兇殺的蛇蟲猛獸，此時同集一處竟然都互不相擾，靜悄悄的，像是泥塑木雕的一樣，呆呆的排列如死去一般。

卓浩然全身不禁也起了一陣悚慄，仔細再一望，再看到最前面的那些長達十丈的巨蟒，已死了好幾條，滿地血腥狼藉，蛇身雖然還都完整，但是蛇頭上，卻都已破碎血污了。

汙血灘中，竟盤著一條怪蛇，雖不十分長大，但形狀極怪，蛇腹奇大，越到上面越細，只是一個蛇頭，卻又大如笆斗，頭上竟還有一個高昂著的肉冠，兩腮怒鼓，也凸出甚多。

這條怪物一經入目，卓浩然便心中有數，知道這是先前混在蛇群裡，來尋找谷中怪物惡鬥的毒物，心中不禁暗喜。

「看來今日我能成功也未必可知。這兩個怪物惡鬥之下，必有一死，不死的那個，也必然元氣大傷，我豈非可以坐收漁利。」

他正自暗中思忖，卻見那怪物忽又一聲極為淒厲的長嘯。

嘯聲方住——

危崖之下，石土亂雜的暗洞之中，驀地飛竄出一個怪物，遠看竟似一條海中的星魚，行動如風，身上竟帶著幾處慘綠的黝光，而且互相隨機閃變，奇形怪狀，真非言語所能形容。

卓浩然以武林中一代奇才，此時卻也不敢行得太近。遠遠望去，只見這怪物竟作五角星形，只前面尖出一個扁圓的怪頭，嘴大如盆，上面竟生著一排怪眼，和一個凸出如墳、上生三孔的怪鼻。

這怪物滿身無一不怪。身上五個星角，分向五方突出，邊上還生著五根鉤爪，當中還有一個星形之眼，發著一絲慘慘的光芒。

牠全身並無腿足，行動時便用這五根鉤爪著地，五個星角挨次著地，此起彼落，在地上翻滾而出，看去竟靈活已極。

卓浩然遠遠望去，只看晶光閃閃，一大團墨綠色的影子，電馳星飛，筆直地往蛇前捲去。

就在這快如電光火石的一剎那，那條怪物，早就蓄勢待發，此刻全身竟似一條長鞭，斜著向上，往前面暴伸了過去。

這兩下勢子都急，霎眼便糾纏在一團，翻滾搏鬥，去勢之猛，端的驚人已極。四下的毒蛇毒蟲，被這兩個怪物的身子壓過，立刻便成肉泥，有的殘肢斷骨還被帶了起來，凌空飛舞。

但是蛇蟲之中，就有這麼奇怪的克性，這麼一大片蛇蟲，此時竟連一個敢逃的都沒有，俱是戰戰兢兢在那裡等死。

卓浩然遊俠四海，足跡所至，名山大澤，靡不登臨，但這種淒厲慘澹、像地獄般的光景，也還是第一次見到。

片刻之間，那些奇凶惡毒的蛇蠍，竟已被這兩個怪物殘殺了大半。卓浩然驚悸之餘，暗暗歎氣，只希望這兩個怪物在害及那些羊鹿馴獸之前就分出結果來，不然自己又怎能坐視。

又過了半晌，這個怪物的勢力果然越來越緩，在這種情況之下，卓浩然竟然想起他的妻兒來，一瞬間，心中竟不能自主。

這就是人性的值得悲哀，但也是值得讚美的地方，人們無論在任何一種情況下，對於他所愛著的人們，永遠是無法忘懷的。

他心中思潮翻湧，忽然，又聽得一聲極淒厲的怪嘯之聲。

他這才強自收攝住自己對妻兒的關懷思念，定睛朝前面望去。只見此刻那條毒蛇的蛇頭，已被那星形怪物的兩隻肉角夾住，後面三角，凌空飛舞，一面把那蛇身長鞭似的朝地上亂打。

這一來，滿地的蟲蛇，更是遭了慘劫，連虎豹之類的猛獸，被這長鞭似的蛇身一擊，也就立刻成肉泥，連慘吼都未及發出。

卓浩然知道這兩個怪物已經分出勝負，目光四下一掃，身形又掠前數丈，右掌一揚，轟然一聲，竟將山崖邊一塊方圓幾達丈許的巨石，擊得大碗公大小的石塊。奇妙的是，這山石被擊碎之後，並不四下飛濺，而只是在地上散作一堆。

卓浩然暗中滿意的一笑，知道自己自幼苦練的無上神功十二都天神功，已有了成就。這種神功，也就是道家所謂的罡風，佛家所謂的般若掌力，練的方法雖不同，但殊途同歸，不但得到的境界一樣，發出的功能也大同小異，正是無堅不摧、至剛至猛先天之真氣。

他以無比堅苦的心志、毅力，浸淫此道近三十年，此刻知道自己已略有成就，心裡歡喜的感覺，自然是無可比擬的。

哪知就在此刻，他鼻端突然吸進一絲其腥無比的氣息。

他身隨意動，隨手抓起兩塊石塊，身形便倏然凌空而起，斜斜向後掠去，腰身在空中微一轉折，目光閃處，不禁又為之色變。

原來此刻那星形的怪物，已揮動著那條死蛇的蛇身飛騰而來，想是被方才他震碎巨石時那一聲巨響所驚，此時距離他身側已近十丈，但牠口中所噴的那種慘綠的毒氣，卻已幾近卓浩然身側。

卓浩然一眼睹見這種情況，身形轉折之間，口中暴喝一聲，雙手連揚，他掌中所持的那兩塊山石，立刻脫手飛去。

他發石所用的手法，雖也平常，但是這種被內家先天真氣所發的力道，卻是端的驚人，這兩塊山石竟帶著無比凌厲的風聲，穿過那星形怪物噴出的毒霧，倏然擊向牠那扁圓的怪物身上。

那怪物似也知道厲害，竟猛然將身子停住，五角星形肉角一展，那條死蛇的蛇身便又長鞭般被牠揮舞而起，竟將這兩塊山石揮落了，遠遠聽到山岩上，發出兩聲巨響。

這時卓浩然便也因著這怪物的稍一停頓，得以喘息一下，猛吸一口真氣，右手倏然自腰中抽出一條軟劍，迎風一抖，便自筆直。

這柄軟劍一出鞘，便帶起一溜冷森的青光，宛如青虹一抹，正是中原大俠威震武林的靈蛇軟劍。

此時卓浩然全身真氣滿布，已逾精鋼。雙腳釘在地上，彷彿是兩條石樁似的，生像是沒有任何一種力量能將他移動分毫。

那星形怪物稍微停頓，便又翻滾而來。卓浩然只覺得那種刺鼻嘔心的腥氣愈來愈濃，便猛然舌綻春雷，暴喝一聲，虎腰一挫，一隻鐵掌硬生生地插入山崖，竟將崖石抓起了一大片。

他張口一咬，將那柄軟劍的劍柄咬在嘴裡，雙手揚處，但見滿天石雨紛飛，被他那開山裂石的真力所推，各自「嗖嗖」擊向那怪物。

只聽那怪物尖細而極為刺耳地厲嘯了一聲，忽然如風向後退去。原來牠那星角上的點點綠光，已被這雹雨似的石塊打中一處，然而其餘的石塊擊在牠身上，卻立即被牠身上那密佈的堅鱗所反激回來。

卓浩然再次大喝一聲，身形倏然而起，竟隨著那怪物的退勢掠了過去，掌中長劍一揮，但見一道像是經天而過的長虹，迎著那怪物向前舞動的星角和蛇身擊去，便又是一聲厲嘯。

但此刻他身形已至崖邊，下面即是漫地蟲蛇殘屍和腥風汙血。卓浩然如流星飛掠的身形，到了這危崖之邊，倏然釘住。這種身法的運用，又確實是足以驚世而駭俗的。

他身形一頓，目光再向前掠，卻見那星形的怪物，帶著那種尖銳而刺耳的厲嘯之聲，像是一團碧綠的光黝，翻滾騰起著，又掠回牠出來時那黝黑寬大、山石嶙峋的崖洞裡去。

嘯聲越來越遠，像是又已竄回山腹。卓浩然暗暗歎息，知道這怪物和那怪物巨鬥力乏之下，雖被自己一劍而巨創，但卻仍未判其死命，這一下竄回山腹，驚悸之餘，必定又有多年不敢出來。

加以這山洞黝黑無比，其中又可能曲折奧妙，深不見底，縱是武功再強之人，也絕難竄進這山腹去和這星形的奇毒之物搏鬥。

他心中動念，忽覺頭腦一陣昏暗，口腹之間，也極為煩渴，試一運氣竟也驅之不散，不由大驚，知道自己方才稍一不慎，便已中了那星形怪物的巨毒，立即盤膝運功逼去。

哪知背後突然傳來一聲冷徹入骨的笑聲，一人森冷的說道：「多年不見，故人無恙，真教我尹某人喜不自勝，哈哈，喜不自勝。」

話聲一入卓浩然之耳，他身軀立即旋風般的一轉，腳跟牢牢釘在地上，雙掌微錯，目光凝注，竟是全神待敵之勢。

能使得名揚天下、號稱武林第一高手之稱的卓浩然如此戒備的人，自也不同凡響。

此人羽衣星冠，卻正是萬妙真人尹凡。此刻他見卓浩然驟然回身，腳下立刻也一錯腳步，目光卻在卓浩然面上一轉，忽然又仰天長笑了起來，笑聲高徹入雲，直可穿金裂石。

然後，他笑聲倏然而住，目光仍然盯在卓浩然臉上，冷冷道：「想不到你多年不見，乍一相遇，我卻又說錯了話，故人無恙這四字，似乎該改為故人有恙才對哩——」

他哩之一字拖得極長，然後便又轉變成一種森冷的笑聲。

卓浩然厲叱一聲，喝道：「姓尹的，七年以前，你自誓今生再也不在我面前出現，否則就任憑我處理，這話難道你已忘記了嗎？」

尹凡笑聲未住，連連點頭道：「小弟雖然不才，但說過的話，卻再也不會忘記。此刻小弟就站在這裡，卓大俠就請過來隨意處置區區在下吧！」

笑聲中的那種譏諷而又有恃無恐的意味，使得卓浩然心中不禁一凜，半晌說不出話來，竟似已愕住了。

萬妙真人尹凡冷哼了一聲，道：「卓大俠怎不下來處置區區在下呀！哦——哦，我知道了，原來卓大俠仗義除害，卻中那怪物的巨毒，此刻——哼，只怕區區在下要來處置名滿天下的第一高人卓大俠了。」

卓浩然心中又急又氣，卻強自按捺著，暗中調息真氣，希冀自己能驅去體內的劇毒。

須知卓浩然此刻雖已中毒，但功力並未完全失去，普通武林高手，也不會在他眼下，只是這尹凡，自稱萬妙，也確有些真才實學，尤其身法之靈快，更是久稱一絕。

以中原大俠卓浩然，平時自可勝得了他，但卓浩然此刻身中奇毒，功力一打折扣，如果對敵之下，便是凶多吉少了。

那尹凡是何等人物，一睹卓浩然之面，便知他身已中毒，是以言語譏諷，像是根本沒有將這中原大俠放在眼裡。

此刻他略為一頓，又自冷笑道：「卓大俠多年前就曾痛責過區區在下陰險狡詐，一別多年，在下這種心性還是未改，方才因為不知道卓大俠身子欠安，唯恐卓大俠除毒之後，將在下也隨便除去，是以就將尊夫人和令公子屈駕一地，哪知在下此舉，卻是多餘了。」

言下之意，就是此刻我根本就可以對付你，不須要拿你妻兒作人質了。

卓浩然縱是涵養功深，在這種情況下，仍能按捺得住自己的心性，但一聞愛妻愛子俱已落入自己這最大的對頭之手，情急關心之下，自身的安危，早已置之度外，暴喝一聲，腳步微錯，身形已如行雲流水般掠了上來，一面厲聲道：「姓尹的，你若動了一娘母子一根毫毛，我卓浩然拚著化骨揚灰，也要將你剮屍萬段！」

隨著喝聲，左掌已倏然伸出，五指微張，其疾如風，但直到掌已遞出，卻仍未帶一絲風聲。

隨著左掌這一揮之勢，尤自持在右掌的長劍，已帶著一溜青藍的光彩斜斜劃出，劍勢華華，徑劃尹凡前胸。

這一招兩式，快若奔雷，他雖已功力受損，但此刻情急之下，全力一擊，聲勢之盛，卻仍有超凡絕俗的內力含蘊著。

尹凡冷笑了一聲，身形微揚，肩不動，腿不曲，身形便已橫掠七尺，冷笑一聲，也越發森冷慘厲，竟如梟鳥夜啼。

卓浩然一擊落空，才知道自己真力受損已巨，悶哼一聲，腳步一錯，長劍一圈一抖，霎眼間只覺劍點如雪，漫天朝尹凡罩下。

尹凡仍然卻而不攻，帶著淒厲的笑聲，身形又滑開數尺，一面喝道：「好，好，你既然如此，就怪不得我姓尹的心狠手辣，要乘著你中毒的時候刺你。」

他笑聲越發高昂，身形如風中柳絮，左折右回，倏然在那繽紛如雨的劍影中閃掠，接著恨聲又道：「你我仇深似海，今天也不必多說了，你就把命擱下吧！」

掌影翻飛，瞬息之間又搶攻數招，但是看出這中原大俠卓浩然已身受劇毒，縱然功力再深，也絕不是自己的敵手了。

這兩人正都是武林中的絕頂高手，身手之快，的確無法形容，但十數個照面一過，中原大俠卓浩然手底下可就透出不支來了。

他也知道這尹凡此言不虛，自己只怕已毒入骨髓，少時毒性一發作，自己便得栽在這江湖上素稱毒手的萬妙真人手上。

最令他擔心的，自然還是他的愛妻、愛子，落入這魔頭手中，實是可慮。

此刻這中原大俠正是心中思潮紊亂，心神一分，手底下真氣也就越發不繼，再加上萬妙真人輕功妙絕天下，身形一遊走開來，但覺四面八方都是他那寬大羽衣的飄飄影子。

卓浩然暗歎一聲，知道自己今日已難免遭這魔頭的毒手。自己走南闖北，出師以來，俠名便已震動天下，想不到今日卻栽在這荒山之中，栽在一個昔日曾在自己手下逃生的賊子手上。

原來這萬妙真人和卓浩然的愛妻杜一娘，相識還在卓浩然之前，尹凡仗著自己外貌俊逸，昔日在江湖上頗有璧人之譽，只是他內心卻遠比外貌醜惡，也不知有多少個玉潔冰清的少女毀在他的手上。

自從他相識飛鳳凰之後，杜一娘先前也幾乎為他所動，但無論任何一個人，他總是無法將自己的醜行隱藏得住的，套句俗語，這也正如紙裡是永遠包不住火的，日子一久，尹凡昭彰的惡跡自然便顯露出來，杜一娘自然也不會再對他假以半點辭色。

但尹凡也正如大多數貪淫好色的男人一樣，得不到手的，永遠最是誘人，他竟想遍了千百種方法，盯在一娘後面，以期能獲得美人芳心。

杜一娘心底雖厭惡，但是自己武功卻不如人，擺脫又無法擺脫得掉，正在這被自己的美麗招來一身煩惱的少女，為這種卑下的糾纏而煩惱的時候，她遇著了中原大俠卓浩然。

很快的，她就被卓浩然的英風俠骨所動，兩人在蕪湖大豪雲謙的撮合下，結成連理。當時江湖中人都在為這對姻緣欣喜——當然，要除去那惡跡昭彰、滿懷邪念的尹凡了。

這尹凡見到自己的苦心積慮全都成空，羞惱之下，竟在卓浩然和杜一娘的花燭夜，潛入新宅，想以卑賤無恥的下三門伎倆——五鼓雞鳴返魂香，迷倒這一對新人。

但中原大俠那時年紀雖尚輕，閱歷卻已不凡，怎會讓他得手？尹凡的仙鶴嘴尚未搧動——那種江湖上最著惡名的下三門暗器「五鼓雞鳴返魂香」，通常都是裝在一個銅製的仙鶴裡面，一點上火，兩翅一搧動，迷香就被送出——他被卓浩然盛怒之下的連環三掌擊傷了右臂，還幸好卓浩然在喜期之內不願傷人，又顧著杜一娘的面子，才容他逃生。

自此以後，尹凡知道自己無論在哪一方面，都不是這中原大俠的敵手，羞怒妒恨之下，他竟遠入苗荒，苦求秘技。再入江湖的時候，這武林中的浪子竟然換了一身道裝，武功也更為不凡，行事也更為歹毒，可是他卻仍然不是卓浩然的對手。

他對卓浩然夫婦糾纏多年，卓浩然總是體諒著他和自己的愛妻是相識，為著免得落下一個氣量狹小的口實，他總是留給尹凡一條生路。尹凡自己忖量，近年來也就知趣一些了。

哪知道此刻卓浩然竟在力除巨害、自己也中了深毒的時候，和這積怨多年的宿仇狹路相逢，更糟的是這一代大俠的愛妻愛子竟全落入了這魔頭的手裡，後果正是不堪設想。

卓浩然劍勢如虹，劍花錯亂，但他自己可也知道這種在武林中已可掃蕩群魔的劍法，此刻已因體內的劇毒而使功力大大地打了個折扣，已拿這種輕功妙絕的魔頭萬妙真人無可奈何了。

他雙目火赤，驀然大喝一聲，劍尾寒芒暴長，腳下方位微錯之間，長劍刷，刷，接連搶攻數劍，宛如陣陣電閃。

在這種的情形下，這一代大俠的蓄力數劍，勢挾餘威，仍然不同凡響。尹凡暗暗心驚之中，長袖連揮，身形倏然滑開一丈。

他方自仗著絕頂的輕功避開這數劍，卻見卓浩然劍勢卻猛烈的一收，劍尖微微下垂，瞪著火赤的雙目，向他厲聲喝道：「姓尹的，今日我卓浩然命該喪此，只怪我姓卓的昔年心慈手軟，怪不了別人。只要你姓尹的若還有點人心，我卓浩然就葬送在你手裡，也絕不會皺一皺眉頭，可是你——」

尹凡敞聲一陣尖笑，長袖微拂，倏然頓住笑聲，陰惻惻地接口笑道：「好說，好說，卓大俠死在區區在下手上，可真有點冤枉。」

他勝算在握，知道時間每過一刻，那卓浩然身受的劇毒也就發作得更厲害，因此他也遠遠地站著，陰陰地冷笑，並不出手，卻只說些譏嘲的言語，來激發這俠心磊落的卓浩然的怒氣。

卓浩然渾身顫抖，雙眉一根根倒立著，但是仍強自按捺，厲聲道：「我卓浩然和你縱然仇深似海，好朋友只管把賬算在我一個人身上，你姓尹的只要說一句話，讓我卓浩然怎麼死法都可以，只是——」

尹凡再次一陣長笑，打斷了他的話，目光邪惡地一轉，道：「卓大俠，你放心，我尹某人雖然在你一代大俠眼中僅只是個跳樑小丑，可是還不至於對付一個小孩子。卓大俠的令郎，此刻正安安穩穩地和小徒們睡在一起。如果卓大俠撒手西去，他也會活得好好的，一點也出不了錯。至於——」他故意稍稍一頓，看到這已成淺水之龍的一代大俠臉上，果然閃過了一絲寬慰的表情。

尹凡嘴角獰笑一下，又接著道：「至於卓大俠的夫人，那小可更可以擔保她在卓大俠歸西之後，活得會更加舒服。我姓尹的一定把她服侍得舒舒服服的，你放心——」

他話聲未落，卓浩然又已厲吼一聲，撲了上來，掌中翻飛撲打，全是近身拚搏不要命的招式，顯然已將自己生死置之度外。

尹凡卻仍是連連陰笑，身形如行雲流水般地閃避著，偶爾長袖一揮，發出奸猾而陰毒的一招，但不到招式用老，便又立刻撤身而退。

這魔頭此刻竟想將卓浩然纏得劇毒全發，不支倒地，再慢慢地施出辣手，讓這中原大俠受盡了凌辱再死。

此時山風低嘯，但卻曙光已露。

東方射下的光線，照得這萬妙真人嘴角的笑容越發獰惡。

山崖下方經慘劫的百獸，正都由那條山路退出，一個個垂著頭，夾著尾巴，似乎對方才的那一場慘劫，此時猶有餘悸。

就連虎豹豺狼這一類的惡獸，此刻也是無精打采的，威風盡煞，卻像是一隻隻喪了家的狗一樣，甚至猶有過之。

突然——

遠處掠來一大一小兩條人影，遠遠看去，只見這兩人彷彿是御風而行，連腳尖都沒有朝地面上點一下，快得難以描述。

走近了才看出這兩人其中高的一人，穿著一身大紅的衣裳，衣服又緊，緊緊地包在她那猶如一段枯竹般的身軀上。

頭上雲鬢高挽，梳的卻是有唐，代閨中少婦最為盛行的墜馬髻，環佩叮噹，在山風中發著極為悅耳的聲音。

這裝束本已不倫不類已極，再一看她臉上，卻更是醜得嚇人，一張幾乎裂到兩腮的大嘴上，卻又偏偏塗滿了胭脂，看上去更猶如血盆似的，深夜之中見了，怕不把她認作夜魅才怪。

只是這又醜又怪的女人，武功卻似好到極處，身形展動處，不但肩不動，腰不曲，就連兩條腿都生像沒有彎曲一下似的。

此刻她右手攙著一個年紀也約莫只有十二三歲的女孩子貼地掠來，這女孩子卻恰恰和她成了一個極強烈的對比，明眸櫻唇，梨窩隱現，竟美麗得有如西天王母瑤池邊的玉女。

這紅裳醜婦掠至此地後，對正在激鬥中的兩人眼角都沒有望上一眼，生像是這驚天動地的巨鬥，並未曾放在她眼下似的。

她掠到山崖邊，目光向下面一掃，此時那一片盆地上，只剩下了不知多少條毒蟲蛇獸血污狼藉的屍身，和那個山壁上的巨洞。

她目光一掃之下，眉頭似乎輕輕一皺，然後轉過身去，朝那激鬥中的兩人望了一眼，兩條掃把似的眉毛，卻又輕輕一皺。

然後她側身朝那正眨動著兩隻大眼睛的美麗女孩子說道：「瑾

兒，你怕不怕？」

聲音雖也難聽得嚇人，但語調卻是溫柔的，就像是慈母在對愛女說話似的。

那女孩子的兩隻明眸正一轉一轉的，一會兒轉到山崖下的那一片慘烈景象上，一會兒又轉到那正在山崖上劇鬥的兩人身上。她目光中，顯然有些害怕的景象，但聽了那紅衣醜女問她的話，卻將她那美麗的頭搖了幾下，抬頭望了那醜女一眼，輕聲道：「娘娘，我不怕。」

那紅衣醜女笑了一笑，這一下嘴角真的裂到兩腮了，然後才道：「那麼你就站在這裡別動，我過去問那兩個臭男人一句話。」

女孩子點了點頭，紅衣醜女身形一動，便已掠到卓浩然和尹凡的身旁，雙掌虛空朝兩人中間一推，卻帶去一股無形的勁氣。

此刻那卓浩然體內的毒性已更見發作，此刻只不過是在掙命罷了，他對這紅衣婦女的前來，起先根本沒有注意到。

但是這醜女雙掌一發，他和尹凡可全都感覺出那股驚人的力道了，雙方都以為對方來了幫手，心中一驚之下，各各身形滑開數尺，目光不期然的落在那醜女身上，自然也全都住了手。

萬妙真人目光一接觸到這紅衣醜女，立刻展顏一笑，道：「原來是溫姑娘來了，想不到，想不到。溫姑娘不在苗疆納福，卻到了這裡來。小可自從多年前和溫姑娘見過一面，一直深銘在心，更想不到這麼多年來溫姑娘還是朱顏未改，真是一如仙子哩。」

那被稱為溫姑娘的醜女兩隻眼睛瞪在他身上，尹凡說話的時候，她始終聲色未動，不喜不怒，直到他話說完了，才冷哼一聲道：「小子，你少拍我溫如玉的馬屁，我溫如玉可不吃這一套！」

這醜女居然叫如玉。但是尹凡臉上卻沒有一絲玩笑的神色，畢恭畢敬地道：「溫姑娘，你來這裡，有何見教嗎？」

那溫如玉又哼了一聲，冷冷道：「你們打你們的，我可不管。我只問你，剛剛那山洞裡是不是有一個像五角星一樣的怪物跑出來？現在跑到哪裡去了？」

尹凡「哦」了一聲，眼珠四下一轉，才帶著一臉笑容道：「這個小可也不太清楚，溫姑娘最好還是問問這位吧——」

他手指一指卓浩然，又道：「這位就是名震中原的一代大俠卓浩然，溫姑娘可曾見過？」

自從這紅衣醜女出現之後，卓浩然就閉起眼睛，暗暗調息真氣。他遊俠天下，也知道這紅衣醜女就是久居苗疆、武林中最怪的怪人之一，自稱為醜女的紅衣娘娘溫如玉。

這溫如玉雖然自稱醜女，生平最犯忌的，卻就是別人說她醜。無論是誰，一犯她這忌諱的，她若知道，想盡辦法也要將那人置之於死地。

除此之外，她什麼事都不管。只要不得罪她，就是有人在她面前殺了她爸爸，她連眼角都不會瞟一眼。可是她自己卻也從來不去行惡。

武林中人，差不多全都知道她這毛病，因此誰也不願意去惹她，這脾氣怪到極處，武功卻也高到極處的怪人。無論人前背後，也都是稱她為紅衣娘娘，甚至是紅衣仙子。

因此卓浩然知道她決不會伸手幫哪一方，是以他立刻運氣調息，再求一拚。因為他知道今日生既不能，死也死不得，除了盡力一拚，以期能和這魔頭尹凡同歸於盡之外，根本別無他法。

此刻那溫如玉聽了尹凡的話，嘴角不屑地撇了一撇，目光就轉到他身上，上上下下地朝他打量了幾眼，才冷冷地說道：「喂，剛才我說的話，你聽到了沒有？」

卓浩然雙目一張，愕了一愕。他委實沒有注意這女怪人方才說的是什麼話，勉強將雙手拱了拱，方想說兩句話，免得招惹此人。須知他此時此刻，是再也不能多結強敵的了。

哪知尹凡卻突然冷笑一聲，搶著說道：「溫姑娘，卓大俠威名赫赫，別人的話，卓大俠是懶得去聽的！」

那溫如玉果然又「哼」了一聲，目光又上上下下朝卓浩然掃視著，又冷冷地重複了一句：「剛才我說的話，你聽到了嗎？」

中原大俠名震天下，幾時受過這樣的氣？幾時被人家逼到這種求生不得，求死亦不能的情況過？

此刻他只覺得心胸之間，彷彿堵塞了一塊極大的石塊，悲憤、怨恨、氣忿，使得這平生捨己為人、仗義行俠的卓浩然若不是顧及自己的愛妻愛子，真要當場橫劍自刎在這黃山始信峰下。

但是他這時只能強自按捺著，道：「溫大俠，小可身受劇毒，一時疏忽，以致沒有留意閣下的話，還……」

他一生磊落，這樣委屈的話，從未說過，叫他再說「請恕罪」一類的話，他如何說得出來？因此他只得頓住了。

那尹凡冷哼一聲，方想再說幾句挑撥的話，讓這素稱難惹的紅衣娘娘先出手來對付這已是強弩之末的卓浩然。

那麼根本不用自己出手，這一代大俠便認了賬，自己非但毋須背上殺死中原大俠的惡名，甚至還可以在別人面前賣賣好，再者自己以後也不必擔心會有人來替卓浩然復仇。

哪知他如意算盤正在打得叮噹作響的時候，卻聽溫如玉已在說道：「我問你方才穿山而出的那隻千年星蜍，此刻跑到哪裡去了？」

卓浩然心裡暗歎一聲，忖道：「這溫如玉果然是一代異人，她根本剛來，卻已知道那穿山而出的怪獸的名字。看來這武林畏懼的女魔頭，真的名不虛傳哩。」

他一面在心中思忖，一面道：「那星蜍被小可奮力擊傷兩處，又從牠出來之處穿入山腹了。」

溫如玉目光一轉，卻又「哼」了一聲，滿懷不信任地說道：「真的嗎？」

卓浩然勉強忍住氣，將方才如何有另一怪蛇與那星蜍惡鬥，如何兩敗俱傷，自己又如何以掌中劍力創星蜍的事，源源本本說了出來。

這溫如玉一面凝視傾聽，一面臉上就露出彷彿甚為喜悅的光采，但中原大俠一口氣說了這麼多話，氣力卻更不支了。

溫如玉一轉身，頭上的環珮響了一下，卻又回過頭來，問道：「那條怪物可是還在下面？」

卓浩然點了點頭，溫如玉身形動處，立刻掠到崖邊，朝那美貌如花的少女低低囑咐了幾句，竟然縱身朝崖下躍去。

這邊尹凡等溫如玉轉身離去，眼珠一亮，彷彿也突然想起一事，望了卓浩然一眼，冷笑了幾聲，竟也朝山崖下掠了過去。

這一來，卻令卓浩然一愕。但他隨即想到，那怪蛇屍身中，必定有著什麼極為難得的奇珍異寶，以致引起了這男女魔頭兩人的貪心，令得尹凡竟暫時放下了自己，前去奪寶。

他心念一轉之下，立刻發狂了似的朝先前杜一娘母子存身之處奔去。此刻他已知道自己身中奇毒，活命已然無望。

他僅僅希望在自己身死之前，能把自己的愛妻愛子送到安全之處，能夠逃出魔頭尹凡的毒手，將來也好為自己復仇。

因之他拚盡最後一絲餘力，發狂而奔。這一段路以他這種輕功的人說來，並不甚長，但此刻卻猶如千萬里般遙遠。

但終究他還是到了。他只覺得心胸之中，一陣一陣的腥氣翻湧，目光四掃之處，自己的愛妻愛子卻已失去了蹤跡。

他心中一急，那種惡臭的腥氣就發作得更厲害，真氣也更不繼。

但是父子、夫妻之間的深厚的情感，卻像一種無比神奇的力量在支持著他，他稍微喘了兩口氣，便立刻身形再起，朝前面奔去。

他彷彿是一隻中了箭的蒼鷹似的，在這片山崖的上下，四下搜尋著，這時他喘氣的聲音，已漸漸變得更為粗大了。

突然——

他聽到一陣人語的聲音。須知他修為多年，在這種情況下，神智仍未昏亂，於是他立刻循著那聲音的來路飛快的掠去。

在一塊巨石的後面，他看到有三個垂髫童子正在低聲說著話，看到他來了，便都一齊住口，六隻眼睛驚嚇地望著他。

他目光一轉，心頭不禁猛然一陣巨跳，颼地，身形竄了上去。

原來他看到在這三個垂髫童子的身側，扭曲的臥著兩人，顯然被人點中了穴道，這兩人，卻正是卓浩然的愛妻和愛子。

他狂吼，撲到杜一娘身上，渾身骨節卻像是已經鬆散了似的，腦中也一陣暈眩，哇的一聲，張口吐出一股帶著鮮血的酸水出來，卻正吐在那猝不及防之下，被尹凡點中穴道的杜一娘身上。

杜一娘感到自己的丈夫來到，芳心方自一陣驚喜，悄然睜開眼來，卻看見自己的丈夫竟像是受了重傷，竟然吐出血來。

她心中不禁大駭，但是自己此刻穴道被點，除了眼睛尚能動之外，連一句話都說不出，只能將眼光溫柔而悲哀地投在卓浩然身上。

卓浩然知道這已是生死一線的關頭了，自己若不能在極快的時間之內自救，那麼自己不但要命喪此處，最慘的還是連愛妻也會受辱。

於是他勉強掙扎著，想先替妻子解開穴道，但是渾身的骨節像是被咀嚼似的痛苦，生像是有蟲蟻在裡面攢行著似的。

他終究掙扎著，目光投在愛妻身上一掃，知道她所被點中了的，正是氣海俞穴，知道她當時未及轉身，就已被點中穴道。

他心中暗罵一聲，方自伸手替他的愛妻解開穴道——

哪知身後突然風聲颼然，自己兩臂同時被人抓住，就像是突然加了兩道鐵匝似的，其痛徹骨。

隨即，身後有兩個人的聲音同時問道：「那條蛇哪裡去了？」

卓浩然不用回頭，就知道這兩個聲音一個發自尹凡，一個卻是發自那紅衣娘娘溫如玉。

而就在這同一剎那，飛鳳凰已支起了身子，杏眼圓睜，指著尹凡罵道：「你這該碎屍萬段的賊子，你——你簡直豬狗不如……你……」

這飛鳳凰杜一娘雖是江湖女子，但是生性如蓮，清香雅淨，罵人的話說不出口，氣憤之中，罵了兩句，卻罵不下去了。

那溫如玉眼角一橫尹凡，冷冷道：「把你的手放開。」

原來方才他兩人在崖下搜尋一遍，根本沒有那怪蛇的影子，兩人急怒之中，又立刻趕來，竟然一人一手，抓住功力已失的卓浩然的雙臂。

尹凡心中一轉，乾笑一聲，放下了抓著卓浩然的手，那黃衣童子已撲到他身上，他就用那隻手在這童子頭上拍了一拍。

那溫如玉卻將卓浩然轉了個面，目光森冷如刀，厲聲問道：「我問你的話你聽到沒有？」

哪知卓浩然卻仍然垂著頭，沒有回答。溫如玉那本已醜怪至極的臉上，此刻更猶如山精鬼怪般，因憤怒而變得通紅了。

她手腕一抖，陰毒的內力，便傳到卓浩然身上去，一面道：「我先讓你嘗嘗這九陰搜骨手的味道，你要是再不說，可別怪姑娘再給你好受的。」

哪知卓浩然垂著頭，連聲息都沒有了。溫如玉低頭一看，原來這名震天下的一代大俠身中奇毒之後，又妄用真力，再加上心中的急惱，怎禁得起這兩人的一抓，此刻心脈已斷。這捨己為人、磊落英雄的奇男子，竟喪生在這黃山裡。

那飛鳳凰慘叫一聲，和身撲了上來，血淚交流，一面慘厲地喝叫道：「你這個醜女人，我丈夫與你何仇何恨，你……你這樣對他！」

她氣血方通，就撲上去，卻還不知道她丈夫已經死了。

她這一罵，卻正觸了醜人溫如玉的巨怒，方才她遍尋那身有奇寶的怪蛇不得，已是滿含怒火，此刻更是火冒三丈。

這威懾武林的女魔頭此刻冷哼一聲，右掌一揚，將卓浩然的屍身遠遠拋開，手掌一翻，就朝飛身撲來的杜一娘劈去。

飛鳳凰杜一娘亦是女中豪傑，武功本也不弱，怎奈她此刻遇著卻是這種異人，又加上她氣血方通，心神紊亂，武功更不及本來。

她眼見溫如玉這一掌劈來，不避不閃，竟想硬接這一掌。

萬妙真人在旁邊看得神魂俱失，大喝一聲：「溫姑娘且慢。」

隨即身形一動，已趕過去，想將他那始終癡心妄想著的美麗婦人救出苗疆異人紅衣娘娘醜人溫如玉的掌下。

但是，他還是遲了一步。

飛鳳凰手掌甫出，就被溫如玉那種驚人的掌力，震得直飛了出去，砰然一聲，遠遠落到地上。

萬妙真人尹凡一跺腳，長歎一聲，腰身一擰，掠了過去。

他朝杜一娘的身旁蹲了下來，目光一掃，就知道這飛鳳凰杜一娘雖不能和她丈夫同生，竟然和她丈夫同時死了。

萬妙真人癡心妄想了十多年，不知費了多少心血，不惜以奸計、狡謀，以各種方法來謀求，但是，到頭來他仍然是一場空。

此刻他緩緩站了起來，目光緩緩地轉到那鐵青醜臉的溫如玉身上。

溫如玉的目光，卻也正森冷地注視著他，一面緩緩道：「小子，怎麼樣？」

兩人目光相對，久久不分，在旁看著的那男女四個孩子，心裡卻希望他們的師父現在就打上一場，把對方打死。

這些年齡才十一二歲的童子，見了這種場合，心裡竟然沒有一點害怕的意思，雖然那種美麗的女孩子在她師父將杜一娘劈出去的時候，她那兩隻大眼睛，曾經閉起過一下。

但是，等她眼睛睜開的時候，仍是清澈晶瑩，只是有一絲憐惜罷了。

最慘的是，那被點中穴道，躺在地上的中原大俠的獨子卓長卿。這可憐的孩子雖然穴道被點，但知覺未失，他父母所遭遇的一切，他全都看在眼裡，只是他手腳不能動彈，也不能為他父母拚命罷了。

但是，在他那幼小的心靈中，卻已因這種仇恨而痛苦得滴血了。這種痛苦和仇恨，便像刀刻也似的深銘在他心裡。

直到許多年後，這種痛苦和仇恨，便變為一股巨大的報復力量，使得武林中許多人，因著這痛苦和仇恨而喪失其性命。

這時天已大亮，但是日光未升，山風勁急，是個陰黯的天氣。

尹凡惡毒地望著溫如玉，但是心念數轉之下，不禁暗忖道：「此刻一娘人也死了，我又何苦為這事結下這種強敵呢？」

一念至此，竟強笑一聲，望著溫如玉想說話，哪知——

突然響起一陣長笑，笑聲穿金裂石，震得溫如玉頭上的環佩都為之叮噹作響，那三個男孩竟都用雙手將耳朵堵了起來。

尹凡和溫如玉一齊被這笑聲所驚，須知這種笑聲一經入耳，像他們這種大行家，便立刻知道發出這笑聲的人，功力之深，竟然無與倫比。

他們方自大驚，目光動處，只見一人隨著這笑聲倏然而來。以萬妙真人和紅衣娘娘這種身份武功，竟不知此人從何而來。

只見此人身上穿著的，竟是一襲不知名的細草編成的蓑衣，腳上一雙多耳麻鞋，身量奇高，卻是駝背，面上虬鬚滿布，雙目之中，精光暴射，猶如利剪。

而此人右手之中，卻倒提著一條怪蛇的屍身，血跡淋汙，正是方才那曾和怪物星蜍惡鬥的怪蛇。

此人一落地，笑聲猶自未歇，而尹凡和溫如玉卻已面目變色。因為普天之下，除了一人之外，再無別人有這種裝束，也再無一人有此氣概。溫如玉目光一轉之後，身形倏然而動，倒退一丈，拉起那女童的手臂，一言不發地如飛逸去。

萬妙真人愕了半晌，朝這突來的奇人躬身施了一禮，倒退三步，朝那三個男孩微一招手。

那三個男孩立刻跑到他面前，這萬妙真人竟挾起三個男孩，也一聲不響地朝山崖下掠去，兩三個起落，便無蹤影。

這虬鬚駝背老人像是一尊巨大的天神之像似的，站在那裡，身上的蓑衣，在山風中颯然作響。

此刻他笑聲一住，目光放在那兩個一見他面就默然逸去的魔頭背影上一轉，兩道濃眉微微一皺，然後拂然微喟一聲，目光掃過地上的那兩具屍身之上，不禁微喟著搖了搖頭。

終於，他看到了那可憐而無助地躺在地上的中原大俠之子卓長卿。

於是他走了過去，寬大的左掌虛空在卓長卿身上揮了兩下，卓長卿只覺一股奇異的暖風拂過，喉間一咳，便已能動轉了。

他爬了起來，滿眶的眼淚便像斷了線的珍珠似的，落到他的身上。他有生以來，第一次真正地瞭解到悲哀的滋味，只是這種悲哀對一個年方十一歲的童子說來，是太過深邃和強烈些了。

這可憐的孩子那滿含淚珠的雙目在那虬鬚奇人身上一轉，強自忍耐著，不讓自己放聲哭出來，因為他知道他自己的父親是個鐵血男兒，是以，他也要學他父親的榜樣，在這陌生的人前面做個大丈夫。

他跟蹌前行了一步，撲地跪到地上，朝那虬鬚的奇人恭恭敬敬地叩了一個頭，哽咽著道：「多謝伯伯的救命之恩。」

當一個孩子忍著淚說話的時候，那種情景是最值得人們憐惜的。這髫齡的童子此刻說話的樣子，鐵石人見了都難免為之下淚。

那虬鬚駝背的威猛老人雙眉一軒，正待說話，哪知這童子在叩謝了救命之恩以後，立刻爬起來，撲到他母親身上，哀哀痛哭起來。

虯鬚老人閃電般的目光中露出了和藹而憐惜的神色，他望這孩子一面痛哭著，一面抱起他母親的屍身，放到他父親的屍身旁。

然後這孩子站在他父母的屍身前，可憐而無助地又痛哭起來。

風聲微弱了些，大地似乎也被這種悲哀的哭聲，感染得有些悲哀起來，秋風捲起了山崖旁的一些落葉，在空中飄舞著。

虯鬚老人目光中和藹的神色也越發濃厚，他朝前面隨意一跨步，便已到了卓長卿身旁，然後他又伸出巨掌，溫柔地撫了撫這孩子的頭。

卓長卿回過頭來，卻見這高大威猛，有如天神般的老人，正望著自己，並且用一種近乎慈父般的親切語調說：「孩子，不要哭了。人死不能復生，你哭也沒有什麼用。你要知道你父親雖然死了，但是他上不愧對天地，下不愧對蒼生，雖然死了，卻比那些活著的人更偉大，更值得你敬佩，你也該學學你父親的榜樣，在世上做個正正當當的大丈夫。」

卓長卿點了點頭，但眼淚仍忍不住往下落，悽楚的樣子，使得這老人也不禁為之長歎一聲，像是自語般喃喃地說道：「天命，天命。我要是不先設法堵住那洞穴，這事也就不會發生。唉！我三十年來，未再傷生，今日卻險些忍不住要動殺戒……」

他說話的聲音，逐漸微弱，然後他猛一定睛，望著這孩子，沉聲道：「孩子，別哭了，挺起胸膛，做個男子漢。老夫先和你將你父母的屍身安葬起來，然後——」

這虬鬚老人似乎遲疑了一下，然後一抬頭，斷然說道：「只要你有決心、毅力，你就跟著我回去，我會讓你學成一身本領，將來，你就可以替你的父母報仇，也可以做一番轟轟烈烈的事業。」

這虬鬚老人話未說完，卓長卿就又撲地跪到地上。

這孩子天資絕頂，何嘗不知道這老人是個絕世的奇人，又何嘗不願意拜在這絕世奇人的門下，學一身驚天動地的本事，為父母尋仇。

但是，他記得他父親曾經對他說過：一個男子漢不應該向任何一個人要求什麼，除非你有足夠的力量去報答人家。

因此，縱然他心裡再渴望，口中卻絕對不流露出來。這孩子年紀雖輕，卻已有了他父親那種剛直、耿介而倔強的性格。

然而此刻這虬鬚駝背的奇人自己說了出來，這個孩子再也忍不住了，跪在地上，連連叩首道：「伯伯，我無論吃什麼苦，也要學成本事，將那些惡人殺死，報此深仇。伯伯，無論什麼地方，我都願意跟著你去！」

虬鬚老人點了點頭，望著這倔強、孝義，而又聰穎的孩子，只見他淚痕雖仍未乾，但小臉上已滿臉露出堅強的神色。

於是他拉起這孩子，他知道十年之後，武林中又將出現一個恩怨分明、義節彰然的俠士，於是他那嚴峻的臉上又微笑了一下。

這微笑在他臉上逐漸擴散，終於，他大笑了起來，道：「好，好，想不到我司空堯日已近殘年，卻又收了個好徒弟！」

笑聲高昂，在這無人的山谷裡飛揚著。

陰霾漸逸，東方有金光射出，照著這一老、少兩個身軀，使人們看起來，生像是兩尊閃耀著金光的神像。

第二章 蕪湖大豪

江南巨埠，蕪湖城北，一條巷口朝南的橫巷中，卻有一座巨宅。

這座巨宅幾乎占了這條長約數十丈的橫巷一大半的地方，黑漆的大門烏黑光亮，因為剛過完年，此刻門上還貼著大紅的春聯。

大門旁蹲踞著兩座高竟達丈的石獅子，這種石獅子在京城達官貴人的府邸門口，倒還常見，只是在這種江南住家的房子前，就顯得有些特別，明眼人一望而知，這幢巨宅裡住的不是尋常人物。

這天黃昏，初春的斜陽將門口那兩座石獅子的影子，長長地拖到東邊去。這座巨宅門口，此刻竟是車水馬龍，熱鬧已極。那兩扇漆黑大門，此時也是向外大敞著，門口川流不息地進出著人，雖然有些是普通商賈，但大多數卻是細腰寬肩的剽悍人物。一望而知，這些人全都是武林中的豪士。

原來這座巨宅裡住著的，就是江南名武師，蕪湖大豪，多臂神劍雲謙。

今天，就是這雲老武師的七旬大壽，不但蕪湖縣境裡有頭有面的人物全都到齊，天下各地的武林豪士，也都趕著來替雲老武師祝壽。

多臂神劍不但聲名顯赫，他的長子雲中程更是此刻武林中炙手可熱的人物，統領著江南十八地的二十六家鏢局，已隱然為江南俠義道的領袖人物，因此這雲老爺子的七旬大壽，熱鬧可想而知。

從這條橫巷的巷口開始，就站滿了接待客人的彪形大漢。這些人雖然都穿著長衫，可是一個個目光凝練，神完氣足，顯見得都是手底下有兩下子的練家子。原來，這些人竟都是江南各鏢局的鏢師。

這雲宅的院子共分五進，壽堂就設在第一進的大廳上。這種武林大豪家中的房子式樣蓋得特別古怪，雲宅的這間前廳，前後左右竟長達二三十丈，富富裕裕地可以放下幾十張圓桌面。

原來多臂神劍天性好客，尤其喜歡成人之美。雲老爺子無論在武林中黑白兩道，人緣都是極好，端的是福壽雙全的老英雄。

此刻這大廳裡亮如白晝，當中燒著兩支巨大的紅燭，一個壽桃做得竟有一張八仙桌子那樣大，卻是全用糯米做的。

坐在這張供壽桃的桌子旁一張太師椅子上的白髮老者，自然就是那名滿武林的多臂神劍雲謙了。這七旬老人雖然鬚髮皆白，可是樣子卻沒有半點老態，端坐在椅上，哈哈地笑著，應酬著來拜壽的武林後輩，不但話聲有如洪鐘，笑聲也清澈已極。

他的長子仁義劍客雲中程恭謹地站在身旁，穿著醬紫色的緞子長衫，頷下留著微鬚。若不是事先說明，誰也看不出這斯斯文文，像個在學的秀才似的中年人，竟會是跺跺腳江南亂顫的武林健者。

來拜壽的人，有雲老爺子認識的，可也有雲老爺子不認識的，無論認不認識，雲老爺子全都客客氣氣地招呼著。有的要行大禮的，他老人家就儘量攔著，可是除了和他老人家同輩的有數幾個老英雄外，天下各地的武林豪士，在這位老英雄面前，都是恭恭敬敬地叩下頭去，不敢有半點馬虎。

壽堂上的群豪雖已濟濟一堂，但後面進來的人仍然川流不息。可是就在酒筵將開的時候，門外走進一個滿身黃衫的頎長少年，走到這老壽星面前，卻僅僅輕輕一揖，連叩下去的意思都沒有。

雲老英雄天性溫和，一點兒都沒有放在心上，可是站在他後面的仁義劍客雲中程心裡卻有些不滿意了，不禁閃目一打量這黃衫少年。

只見這少年長身玉立，猿背蜂腰，背脊挺得筆直，兩目神光充足，但卻毫不外泄，只是嘴角眼梢帶著幾分說不出來的傲氣。

雲中程心中一動，暗暗忖道：「這少年內功已頗有火候，雖還看不出深淺來，但功力頗高卻無疑問。只是這少年面孔很生，孤身而來，既無名帖，也沒有報出師長的名號，神色偏又這麼傲慢，卻又是誰呢？」

仁義劍客心中思疑，但嘴裡自然不會說出來，再加上賀客盈門，事情又多，過了半晌，這以謹慎素稱的雲中程也將此事忘了。

過了一會，這大廳上酒筵大張，竟擺出三十六桌酒，在座的這三百多位武林豪士，十分之九在武林都有個不小的萬兒。

和雲老英雄同坐在當中那張桌子上的，更都是當今武林中的一流人物，一個個鬚髮俱已蒼白，全都已過了知命之年了。

這些，都是昔年和多臂神劍把臂創業的朋友，如今都已名成業就，金盆洗手，在家中樂享餘年了，所以可說，這張桌子坐著的七個人，全都是福壽雙全的人物，只除了一個鷹鼻鷂目的老者之外。

說這人是老者，也許還太早了些，因為這人方只四十左右，此刻他竟坐在壽者雲謙和長江水路上的鉅子橫江金索楚占龍中間，可見這人年紀雖不大，但武林中的身分可很高。

滿廳豪士，十中有九都知道這人，不知道的聽別人一說，也都肅然動容，原來此人竟是江南黑米幫的總舵主，無翅神鷹管一柴。

這管一柴今日竟然來給雲謙拜壽，群豪可都有點奇怪，有些人在竊竊議論。

「管神鷹怎麼也來了？這主兒平日眼高於頂，天下人他都沒有放在眼裡，我看他可是黃鼠狼給雞拜年，今天怕又別有所圖吧！」

有的人就辯道：「管神鷹雖然又狂又傲，可是雲老爺子是什麼人物，這當然另當別論。我看你還是少說兩句，多照顧照顧雞腿吧！」

還有的人就因此而發出感慨：「武林裡太平日子恐怕都過不長了，您看看，光是這三年裡，江南江北，大河兩岸，新創立了多少宗派、幫會，又全都是帶著三分邪氣的。您看看吧，武林之中，就要大亂了！」

他的朋友就趕緊拉他的袖子，阻止著：「朋友，你少說幾句吧，你能擔保這附近的桌子上就沒有這些角色？你這話要是被人家聽了去，那可就吃不了，兜著跑啦！」

這些草莽豪士在私底下議論紛紛，坐在當中的老壽星多臂神劍雲謙自然不會聽見。

這高大、矍鑠的老人端起酒杯，站起來，朝四座群豪作了一個羅圈揖，然後聲若洪鐘地說道：「各位遠道前來，慶賀雲謙的賤辰，雲謙實在高興得很。只是雲謙是個粗人，不會說什麼客套的話，各位多吃點，多喝點，就是看得起我雲謙。我雲謙一高興，還得再活十年。」

這白髮老人說完了話就仰天長笑，意氣豪飛，不亞於少年。

堂下群豪也立刻響起一片熱烈的掌聲，掌聲中又夾雜著笑聲，笑聲中又摻和了雲謙那高亢的笑聲，混合成一片吉祥富泰的聲音。

然後，這心滿意足的老壽星就坐了下來。站在他旁邊的一個長衫壯漢又替他斟滿了酒，他再端起酒杯，朝這張桌上的豪士道：「你我老弟兄們也乾一杯吧！」

長眉一横坐在他身旁的無翅神鷹，又笑道：「管舵主遠道而來，老夫更應敬上一杯。」

那管一柴鷹目閃動，也端起杯來，卻似笑非笑地說道：「雲老英雄名滿天下，我管一柴早該來拜訪了，怎當得起雲老英雄的敬酒，哈哈哈。」

他乾笑了幾聲，仰首乾了那杯酒，一面又道：「我管一柴先乾為敬了。」

這無翅神鷹嘴裡說著話，身子可一直沒有站起來。雲謙哈哈一笑，心裡卻多多少少有些不滿意，也仰首乾了杯中的酒，突然一皺雙眉，「叭」的一聲，將酒杯重重放到桌上，長歎道：「今日滿堂朋傑，俱是英才，可是——唉，這其中竟少了一人。唉，雖然僅僅少了一人，老夫卻覺得有些——唉。」

這多臂神劍忽然像是想起了什麼，竟連連歎起氣來，兩道蒼白的壽眉也緊緊皺到一起，巨大的手掌緊緊捏著酒杯，「叭」的一聲，這只江西細瓷做成的酒杯，竟被他捏破了。

座上群豪不禁為之愕了一下，其中有個身軀矮胖的老者，哈哈一笑，道：「老哥哥，你的心事讓小弟猜上一猜，保準是八九不會離十。」

雲謙望了這老者一眼，暫斂愁容，笑道：「好，好，老夫倒要看看你這隻老狐狸猜不猜得中老夫的心事。你要是猜不中的話，我看你那靈狐的外號，從今天起就得改掉。」

原來這矮胖老者，正是俠義道中有名的智囊——靈狐智書。

這靈狐智書又哈哈一笑，伸起大拇指，上下晃了晃，笑道：「老哥哥心裡想的，是不是就是那一去黃山，從此不回的卓浩然呀？」

雲謙猛然一拍桌子，連連道：「好你個狐狸，真的又被你猜著了！只是——唉，浩然老弟這一去十年，竟連一點音訊都沒有了，若說像他那樣的人會無聲無息地死了，可真教我有些不相信；若說他沒有死，唉——」

這胸懷磊落的老人竟又長歎一聲，再乾了一杯酒，接著道：「他又怎會一些消息都沒有，難道他竟把我這個老哥哥忘了？」

原來昔年黃山始信峰下那一段驚心動魄的往事，並沒有傳入江湖，是以武林中人，根本全不知道中原大俠卓浩然早已死了。

此刻橫江金索楚占龍笑著接口道：「雲大哥，你儘管放心，想那中原卓大俠是何等的武功，天下又有什麼人能制死他？雲大哥，今天是你的壽辰，大家不許說掃興的話。來，來，來，小弟再敬大哥一杯。」

這老兄弟兩人正自舉杯，坐在中間的管一柴卻突然冷笑一聲，緩緩道：「想那卓浩然武功雖高，若說普天之下，沒有人能制得他的死命，只怕也未必見得。如若不然，那卓浩然這十年來，又是跑到哪裡去了？連影子都不見，難道他上天入地了嗎？」

雲謙兩道白眉倏然倒立起來，突又仰天一陣長笑，朗聲道：「可憾呀，可憾，黑米幫崛起江湖，才只是這兩年的事，管舵主的大名，也只是近幾年來才傳動江湖。如若管舵主早出道個四五年，想那卓浩然天下第一高手的聲譽，亦必要轉讓給管舵主了。」

管一柴鷹目一睜，冷冷道：「這也是極為可能的事。」

多臂神劍怒極而笑，猛然一拍桌子，高大的身軀站了起來，沉聲道：「管舵主，今日你替老夫上壽，老夫多謝了。此刻壽已祝過，老夫也不敢多留管舵主的大駕，請請請！」

轉頭又喝道：「中程，你替老夫送客！」

這多臂神劍，此刻竟下起逐客令來了。

這無翅神鷹管一柴，出道本早，本無籍籍之名，後來不知怎的，卻被他學來一身神出鬼沒的本事，在河東建起黑米幫。

黑米幫在江南武林中，做了幾件大事，這無翅神鷹管一柴，名聲也立刻震動江湖，可說是當今武林中頂尖兒的人物之一。

此刻這黑米幫幫主氣得臉上青一陣，白一陣，也放聲大笑了起來，指著雲謙高聲喝道：「姓雲的，你可估量估量，今天你敢對我管一柴這麼賣狂，你這糟老頭子想是活得不耐煩了，我管大爺今天可要當著天下群豪教訓教訓你！」

說著，一挽袖子，就站了起來。

雲謙虎目怒睜，雙手一推，竟將一張桌子都險些推翻了，杯盤等件，狼藉一地，幸好在座的俱是藝業高強之士，早就及時躲開。

這一來滿廳群豪俱都站了起來，悚然動容。

雲中程氣得面目變色，厲喝道：「管朋友，你這是幹什麼？你這簡直是要我雲某人的好看——」

管一柴冷笑著，接口道：「要你好看又怎樣？別人畏懼你雲氏父子三分，我管一柴可不買這個賬。姓雲的小子，從今天起，你們那幾個鏢局子要是還做得了買賣的，我管一柴這個管姓，從此就倒過來寫！」

這管一柴藝高心狂，在這種地方，竟敢說出如此狂話來，雲氏父子俱都氣得面色鐵青。

那靈狐智書卻擺著手，連連道：「管舵主，你看我智書的面子，少說一句！」

又道：「老哥哥，我說你這是幹什麼，今天是你大喜的日子，你又何苦！」

一面四下亂擺手：「來，來，大家坐下來，敬我們壽星一杯。」

這靈狐智書一看事情如此糟，生怕好好一個壽宴，弄得不成章法，就連連勸阻著，可是此時四下早已亂成一片了。

那多臂神劍氣吼吼地說：「有人指著我雲某人的鼻子罵我都行，可是要是有人編排我浩然老弟，我雲某人就是拚掉這身老骨頭，也得抻量他是什麼變的。」

仁義劍客雲中程一面勸著自己老父，一面向管一柴喝罵。

管一柴卻只是冷笑著，卓然而立。這黑米幫主果然有些一代梟雄的氣派，在這種陣仗下，倒沒有一絲心慌的樣子露出來。

仁義劍客雖然氣性溫和，此刻也忍無可忍，指著管一柴喝道：

「姓管的，你今天這麼搗亂，想必是仗著手底下有兩下子。來，來，我雲中程今天就掙量掙量你，我們出去動手去。」

說著話，這江南俠義道中的第一人就將長衫一撩，一跺腳，嗖地，就平地拔了起來，雙腿一蹬，身形就躍到了院子裡。

仁義劍客露了這手輕功，在座群豪就哄然喝起好來，暗道：「還是雲老父子的功夫俊，你看，就衝雲少俠的這一手，就夠瞧好半天的了，無怪人家能統率那麼多鏢局子，人家是真行。」

大家暗中正自誇獎著，哪知無翅神鷹冷笑一聲，身形像是動都沒有動，就這麼樣躍了起來，在空中一擰腰，就像是一支箭似的，射到院子的上空，然後微一轉折，輕飄飄地落了下來。

這無翅神鷹一施展出如此的身手，群豪又俱都色變。雲謙一捋長鬚，跟了出去，滿座群豪飯也不吃了，都擠到院子裡去。

但是，在這大廳角上的一張桌子上，卻仍然還有一人旁若無人地大吃大喝著，臉上絲毫無動於衷，生像是方才的事，他既沒有看到，也沒有聽到似的，根本沒有將這事放在心上。

這人一襲黃衫，面目英俊，竟然就是那個陌生而狂傲的少年。

此刻，他像是吃完了，站了起來，抹了抹嘴，目光往盤中放著的那只剩下一半的酥炸子雞上一掃，微歎了口氣，像是意猶未盡似的，又撕下一塊，放到嘴裡咀嚼著。

然後，他慢吞吞地走到廳口，慢吞吞地分開擁在門口的群豪，慢吞吞地走了出去。此刻偌大的一座院子裡，竟然靜悄悄的——

原來那江南俠義道的領袖，和河東黑米幫的總瓢把子已經動上手了。

黃衫少年緩緩踱出大廳，只見院子裡悄然無聲，數百隻眼睛都注視著正在動手的仁義劍客雲中程和無翅神鷹管一柴身上。

這兩人都是武林道中萬兒極響的人物。在這種生死搏鬥的情況下，這兩人竟然未脫下長衫，僅將長衫的下擺掖在腰間的絲帶上，腳下也仍然穿著粉底朱面的官履。

但是這種裝束卻像是絲毫沒有影響到他們身形的靈巧。

就在這四周都站滿了武林群豪，當中方圓不到三丈的院子裡，但見這仁義劍客雲中程身形流轉，衫袖飄飄，姿態瀟灑已極，竟和他平日為人拘謹的樣子截然而異。

但是這無翅神鷹管一柴，身法的輕靈、快捷，卻尤似在他之上。四下群豪只覺眼花錯落，滿目俱是這兩人的身影。

長江水路大豪橫江金索楚占龍，緊緊地站在壽翁雲謙身側。這兩個鬚髮都已幾近全白的武林健者，此刻卻也都是面露緊張之色。因為正在搏鬥的兩人，無論是誰勝誰負，卻都是不了之局，勢必要在江湖惹出極大的風波來。

四下肅然站著的武林群豪，雖然都是和雲氏父子的關係較深，但卻也沒有一個人敢出頭干預此事，只是在私心下暗暗希望雲中程得勝罷了。

但這兩人的身手，在武林中又可算得上都是一流高手，勝負卻不是一時半刻之間能夠分判得出的。

此刻夜已頗深，院中四側的高牆上，早已經陸續添上數十枝松枝紮成的火把，火把上尺許高的火焰，順著東南吹來的春風，斜斜地向西北倒了下去。

松枝燃燒時，發出的劈啪之聲，在這四下的院子裡面，和這兩人動手時發出的虎虎掌聲，形成了一種極不協調的聲響。

瞬息之間，這兩人已拆了數百招以上，但從他們掌上揮出的掌風，卻像是比剛剛動手時更為凌厲。無翅神鷹管一柴流動著的身形，倏然一頓，蜂腰一挫，身形擰轉開，雙掌「呼」的一聲，滿聚真力，向那正以一招如封似閉護著前胸的雲中程擊出。

他久戰無功，此刻已覺不耐，是以竟捨棄招式的變化，而想以真力的強弱來分判勝負了。

圍觀著的人，大多都是練家子，當然知道管一柴出這一招的用意，也知道只要這仁義劍客伸手去接這一掌，那麼這一戰分判勝負的時候便到了。四下眾豪的數百隻眼睛，不禁都一齊望到那仁義劍客雲中程的一雙手掌上。

多臂神劍右手捋著長鬚，左手托著右肘。這闖蕩江湖已有數十年的武林健者，此刻雖像是仍然忍得住心中激動，其實他腰腿卻都已滿聚真力，只要雲中程一個落敗，他便立刻飛身援救。

無翅神鷹管一柴這一雙手掌剛剛吐出，哪知雲中程哼一聲，腳下連踩七星步，身形滴溜溜一轉，竟轉到管一柴身後去了。

這無翅神鷹掌上的真力，卻已如箭在弦上，不得不發，只聽「呼」的一聲，院中光影分花，牆上的火把上，竟被他這遠隔著三四丈的掌風，擊得火焰一暗，險些熄滅。

這光影微暗，群豪緊扣著的心弦鬆了口氣，但見無翅神鷹管一柴一掌擊空後，身形絕不停頓，在這舊力已盡、新力未生的一刹那，他腳下竟還能硬生生一轉，甩腕擰腰，天王卸甲，在間不容髮之下，逼開了仁義劍客出身後擊來的一招。

壽翁雲謙的右手順著長鬚一滑，落到腰間的絲帶上，心中雖也鬆了口氣，卻又不禁暗暗心悸。這江南黑米幫的瓢把子，在武功上的造詣，確乎已到了爐火純青的地步，無怪在這並不太長的一段日子裡，聲譽能霍然而起，享有大名。

自己的愛子雲中程，武功雖已盡得自己的真傳，雖以劍客而名，掌上功夫，也絕不弱，但此刻用來對付這無翅神鷹管一柴，無論身法上、功力上，都未能勝著人家半籌。

多臂神劍雲謙昔年闖蕩江湖時，和人家過招動手，不知已有多少了，此刻對眼下的情勢，哪有看不出來的道理。他心裡不禁懊喪，自己好好一個壽宴，竟生生被這管一柴擾亂了。

院中又復肅然，每一雙眼睛，俱眨也不眨地隨著這無翅神鷹管一柴和仁義劍客雲中程的身形打轉。

有的武功較差、眼神較弱的，根本就看不清楚這兩人的招式來路，但卻越發屏著聲息，對這兩人的武功，在暗中讚美著。

有的能看得清他們的招式的，更是不肯放棄觀摩這種高手較技的機會，更有心智較高的，甚至還從其中偷學到一招半招。

眾豪凝目之中，哪知在那大廳門口，卻突然傳來一聲冷笑。

這冷笑的聲音，極為高亮刺耳，接著一個清朗的聲音，緩緩說道：「這種打法，又有什麼意思？區區在下真難為你們這一身武功是從哪裡學來的，明明兩人的身法都是空門百露，卻沒有一個人能看得出來。」

這話聲一出，群豪不禁都相顧失色，一齊轉頭望去。只見大廳門口的石階上，負手佇立著一個神情倨傲的黃衫少年。

這少年長身玉立，站在那裡比身側的人都高著半個頭，蜂腰窄背，眉梢眼角，傲氣凌人，嘴角仍然掛著一絲冷笑。

這語驚眾豪的，竟是一個在武林中籍籍無名的陌生少年。

眾豪的數百道眼光，都像利刃似的瞪到他的臉上，但是這神情倨傲的少年，卻仍然若無其事，嘴角的冷笑痕跡，又復顯露了出來。

他的話聲字字清朗，正在動著手的無翅神鷹管一柴和仁義劍客雲中程，雖然心無別騖，卻也一字不漏地聽到了。

以這兩人在武林中的身份地位，不管這話是誰說的，都是件不能忍受的事。這兩人撤回招式，身形後縱，竟一齊住下了手。

滿院中的豪士，此刻沒有一人不是愕然失色的，有的心中猜測這黃衫少年的來路，有的卻在心中暗罵，以為說出這話的人，一定是個瘋子。

就憑管一柴、雲中程的武功，普天之下，又有幾人能說出這種話來？這少年不是瘋子是什麼？

無翅神鷹管一柴和仁義劍客雲中程此刻的臉色，自然更是難看，四道目光，自然充滿著森冷之意瞪著他。

只有壽翁雲謙心中卻是另一種想法。這少年縱然非病即狂，但他這幾句狂語，卻使得自己的心事放下一半。

因為他此刻看出，自己的愛子身手之間，已不如先前的矯健，只要一個失手，許多年掙扎得來的聲名，豈非要毀之一旦。

在這一剎那間，院中竟然又復肅然，須知這黃衫少年說的話，的確太過驚人，群豪相顧失色之下，竟都愣住了。

管一柴、雲中程兩人心中卻是大怒，但以他們之身份，自也不會破口謾罵。

肅然之中，但見這黃衫少年一揮衣袖，緩步走下階來。

無翅神鷹管一柴突然嘿嘿冷笑一聲，沉聲說道：「方才的高論，想必就是這位朋友說出來的了。我管一柴確實欽佩得很。我管一柴技藝不精，自知武功太差，今日能遇見朋友，實是高興極了，還望朋友不吝賜教，將在下招式的空門一一賜告在下，讓在下也好學學高招。」

那黃衫少年朗聲大笑了起來，連連道：「好，好，閣下的確虛心得很。不過你那趟掌法，雖然看似花妙，卻實在空門太多，叫我一時之間，又怎能說得完呢？」

他轉頭又向雲中程笑道：「你的掌法，和他的也是半斤八兩，要不好好去練練，只怕將來遇著高手，連人家的三招都擋不了，那豈非難看？」

這黃衫少年竟老氣橫秋地說出這種話來，管一柴、雲中程俱都面目變色，雙眉倒立。

雲中程劍眉豎處，冷笑一聲，方待說話，哪知卻聽他父親突然乾咳一聲，像是阻止自己，便又將口中的話忍下去了。

但是這江南黑米幫的魁首，驕橫跋扈，卻萬萬忍不下這口氣。

他冷笑一聲，叱道：「好，聽朋友說的話，想必朋友也算是高人了，那麼就請朋友給天下武林英雄看看，我管一柴的武功如何不濟事，連人家三招都擋不過。」

他把手一翻，將右手的袖子又挽了挽，這無翅神鷹顯然已動了真怒，立刻就要出手了。

圍觀著的群豪，雖然都對這黃衫少年的說話不滿，但此刻卻又不禁在暗暗為他擔心。

這無翅神鷹一出手，只怕這少年便得喪命，因為此刻這管神鷹的出手，是絕不會留情的了。

但是這黃衫少年，卻又自朗聲大笑了起來，一面朗聲說道：「區區在下雖算不得高人，但若要對付閣下這種身手，只怕有個三五招也足以夠了。閣下若不相信，不妨試試看。只是以區區之意，閣下最好還是算了吧！當著這麼多人面前現眼，卻又是何苦呢？」

說罷，又自揚聲大笑了起來。

這些群豪雖然驚詫，但有些經驗老到的老江湖，像橫江金索楚占龍、靈狐智書、多臂神劍雲謙等人，卻都已看出這黃衫少年雖然狂驕無比，但他既敢如此，就絕非沒有來歷的。

是以雲謙方才暗暗阻止住自己的愛子的盛怒，反正他知道管一柴是絕不會放過這少年的，只要這少年和管一柴一動上了手，那麼以自己的眼光、經驗，這少年的來歷，自己是絕不會看不出來的。

果然，這管神鷹盛怒之下，已自叱道：「承朋友的好意，但我姓管的天生就是這種脾氣，不到黃河心不死。朋友，你若不讓我見識見識你的身手是怎麼個高法，就在這裡胡吹亂吹，那我姓管的可要對朋友你不客氣了。」

這黃衫少年哈哈笑道：「不到黃河心不死……好，好，閣下既然執意如此——」

他話聲緩緩一頓，笑聲倏然而住，目光變得森冷而寒厲，冷冷又道：「那卻怪不得在下了！」

他寒冷的目光四轉：「哪位朋友出來做個見證，區區在下若不能在三招中，讓這位朋友落敗，那麼在下就從這院子裡，一直爬將出去；但若是——」

他語聲一頓，目光又復落在管神鷹身上，森冷地接著又道：「但若是朋友在三招之內——」

管神鷹瞠目大喝一聲，截斷了這黃衫少年的話，厲叱道：「那我就隨便你處置好了。」

略整上身，拗步進身：「朋友，你就接招吧！」

身形倏然一轉，轉到這黃衫少年的左側，右掌橫切這少年的肩頭，左掌卻從右肘下穿出，以食、中兩指，猛點他肋下的血海穴，掌心內陷，卻又滿蓄小天星的掌力。

這無翅神鷹雖是驕狂跋扈，但一動上手，卻可以看出他並沒有半點輕敵之態，用的也絕不是那種踏洪門、走中宮一類以強擊弱的身法，他竟避重就輕，先繞到這少年的身左，出招之間，雖攻實守，早就先把自己的退路留好了。

這管神鷹此刻出招之間，竟顯出來比先前和雲中程動手時更小心。

他這一招兩式，快如電火，那黃衫少年長笑聲中，身形略展。

管神鷹掌方遞出，忽然覺得眼前空空，就在這一剎那，這黃衫少年竟然形如鬼魅，身形展動間，已不知跑到哪裡去了。

他大驚之下，已聽到自己身後暴喝一聲：「第一招。」

管一柴心魄皆失，顧不得轉身回顧，猛然向前一栽，就地連翻幾個筋斗。這江南大豪，黑米幫首，此刻竟使出「懶驢打滾」這種見不得人的招式來，簡直是無賴們的身法了。

群豪不禁大嘩。這些闖蕩武林多年的豪士，所遇之事，卻從未有一件更奇於此事的。一個名不見經傳的少年竟在一招之下，使得武林側目的黑米幫總瓢把子管神鷹，雖未落敗，卻已丟了大臉了。

群豪譁然聲中，管神鷹站起身形，只見那黃衫少年，正站在自己身前，帶著滿臉不屑的微笑望著自己，冷冷說道：「還有兩招。」

此刻這無翅神鷹心中，正是羞愧兩念，如潮翻湧。行家一伸手不用多看，就可以分辨出身手的強弱來。

這管神鷹並非不是明眼人，人家這種身手，自己不但見所未見，就連聽說都沒聽說過。自己一向頗為自傲於自己的身手，但此刻一招之下，連人家的身法都沒有看清楚，就落了敗相。

那多臂神劍此刻亦是面色大變，因為他已從這黃衫少年的身上，想起一個人來。他確信自己老眼無花，自己看出的事，是絕對錯不了的。

那黃衫少年緩緩昂起頭來，目光從那管一柴身上，轉望蒼穹，嘴角的笑容，擴散得越發開朗了。然後，他低下頭，朗聲又道：「還有兩招！」

這四個字，像箭也似的，射進那江南黑米幫魁首管神鷹的心，他感覺得到，滿院群豪，似乎也都帶著一種冷削的目光在望著自己。他若像二十年前那麼年輕，他一定會勢若瘋虎般撲上去。

只是，他此時的年齡已經夠大了，人生的體驗，也使他變得足夠世故。他正是所謂一點就透的老江湖，深知自己那一身仗以稱雄武林的武功，在這少年的詭異身法面前，有如皓月當空下的螢火之光，自己縱然還能再出手，也是落得自取其辱。

於是他長歎一聲，目光呆滯地望著這黃衫少年，沉聲道：「我管一柴有眼無珠，看不出朋友是位高人。但我管一柴還不是瞎子，此刻已低頭認栽。朋友的下餘兩招，也不必施展出來了。」

群豪又譁然發出一陣響動。多臂神劍雲謙的兩道濃眉，皺得更緊，突然附耳向橫江金索楚占龍低低說了兩句話，那水路大豪的兩道目光，立刻也在這黃衫少年上下一掃。

只見黃衫少年兩眼上翻，只微微「哦」了一聲，對這無翅神鷹管一柴的這種認栽的話，沒有絲毫反應。

管神鷹乾咳了一聲，道：「我管一柴自知學藝不精，可也不是個庸才。像朋友這種身手，在下敢說的確是出類拔萃。不知道閣下能不能將大名見賜，讓天下武林賓朋，也好知道當今武林中，又出現了一顆異星。」

這管一柴能成為一幫之主，果然除了稍微驕狂跋扈些外，城府卻是極深。此刻他心念轉處，突然對這黃衫少年恭維起來。

他如此一說，群豪也不禁都豎起耳朵，想聽聽這武功詭異高絕的少年的大名。這些草莽豪客，都是直腸漢子，先前雖然不滿於這少年的狂傲，但此刻為其武功所懾，卻不禁對他有些傾倒了。

這黃衫少年忽然朗聲大笑了起來，長笑聲中，朗聲說道：「管朋友不以勝負為念，的確是胸懷磊落的好漢，在下方才多有得罪了！」

管一柴目光一轉，已知道這黃衫少年，雖然武功絕高，卻是初出茅廬，是個喜歡人捧的角色。他知道自己這一著棋，無疑是下對了。

卻聽他語聲微微一頓之後，明亮的目光掃視群豪，接著又道：「在下岑粲，初出江湖，來日還要請管朋友多多照顧。『異星』這兩字，卻是在下萬萬擔當不起的。」

說罷又是大笑，然而在這大笑之中，目光卻又掃視群豪，像是在留意別人對自己的表情。

滿院火光閃動中，只見院中群豪都凝目注視著他。

於是他的笑聲更加開朗了。哪知就在這種笑聲中，門外突然飛步搶進一個人來，連連喊道：「喬某來晚了，該死，該死——」

又喊著：「雲老爺子，小的來給您老人家拜壽來了。」

眾豪瞠目之中，已見門口搶進一個滿身錦衣的瘦小漢子，一手捧著一個檀木匣子，另一隻手卻夾著三軸畫卷，飛也似的奔了過來。

群豪又立刻一陣嘩笑，因為只要在江湖待過的，大多俱都識得此人。那長笑中的黃衫少年一雙劍眉卻皺了皺，笑聲倏然頓住了。

這滿身錦衣的瘦小漢子一奔進來，就在雲謙身前翻身拜倒，一面笑道：「小侄喬遷，謹祝雲老爺子福如東海，壽比南山。」

那壽星雲謙一面哈哈大笑著，一面彎身去扶，道：「好說，好說，賢侄快起來。」一面又道，「中程，還不快把你喬三哥扶起來！」

雲中程搶過幾步，亦笑道：「三哥，快請起來。看你手裡拿著東西，又給我們老爺子帶了什麼好東西來了？」

那滿身錦衣的瘦小漢子，正是武林中人緣最好的鬼影兒喬遷，除了以輕功跳縱術馳譽江湖外，更是江湖中的神偷。

只是這鬼影兒喬遷，出身世家，本來就是百萬巨富的公子，雖然善偷，卻不偷人，而且慷慨尚義，雖然形容猥瑣，卻是條沒遮攔的漢子。

這喬遷此刻膝頭一用力，人已從地上站了起來，目光四顧，哈哈笑道：「你們看看，我們雲老爺子是不是德高望重，我喬遷是不是該死，這麼多武林朋友全都來了，我喬遷卻來得最晚——」

他目光一轉，轉到那卓立在院中，面上滿帶不愉之色的黃衫少年身上，話聲不自覺地一頓，然後又瞟了管神鷹一眼，眼珠一轉，像是已猜知這是怎麼回事了，連忙又大笑著接道：「先前小弟還在奇怪，朋友們怎麼不在廳裡喝酒，卻站到院子裡來了，原來是有人在這裡比武替老爺子上壽。請，請，請，管大爺，你只管開始，小弟站到一邊去。」

雲中程低咳一聲，暗忖這喬遷年紀有了一把，卻還是小孩子脾氣，怎的事情沒有弄清楚，就先嚷了出來，連忙強笑打岔道：「喬三哥，你弄錯了——」

話猶未了，那管神鷹卻突然大笑起來，朗聲道：「雲中程，你別替我圓臉，我管一柴可不領你這個情。喬老三，我老實告訴你，我先前已和這位岑少英雄動過手了。」

鬼影兒喬遷眼珠又轉了幾轉，心下方自有些詫異，卻聽管一柴又道：「可是，喬老三，我告訴你，動手才一招，我就吃了敗仗。喬老三今天是你走運，來，來，讓我替你引見這位驚天動地的少年英雄，這位就是上岑下粲，岑少英雄。」

鬼影兒喬遷不禁也睜大了眼睛，無翅神鷹管一柴，一招之下，就栽在這黃衫少年手上，這簡直令人有些不信。

黃衫少年岑粲被這鬼影兒跑來這麼一擾，使得群豪的注意力都從自己身上轉了開去，心下方自有些不愉，但這管神鷹如此一說，傲然的微笑又復泛起，心下不禁又對管神鷹增加了幾分好感。

他幼年之際，就被一位武林異人自家中帶走，十餘年來，學得一身絕藝，此刻甫出江湖，卻已染得其師那種迥異常人的脾氣，行事但憑自己的好惡，至於那件事對不對，他全然不管。

喬遷愕了半晌，卻見這管神鷹四下作了個羅圈揖，朗聲道：「各位，管某告辭了。」

走到那黃衫少年岑粲身側，低低說了兩句話，岑粲微微一笑，喬遷心中又自奇怪，這管神鷹平日那種脾氣，此刻栽在人家手上，卻怎麼還對人家這樣？

他正自思忖中，卻見管一柴將掖在腰中的長衫下擺放了下來，望也未望雲氏父子一眼，就自轉身，頭也不回走了出去。

仁義劍客面色又復大變，目光盯在這管一柴的後影上，突然往前一跨步，哪知臂膀被人一拉，卻被他父親多臂神劍拉住了。

鬼影兒喬遷眼珠又一轉，冷冷笑道：「各位，你們站在這裡做啥？還不進去喝酒。我除了帶來一樣東西給雲老上壽之外，還有一樣新鮮事，要告訴各位呢！」

雲中程定了定神，勉強將神色恢復過來，也自招呼著群豪入座。那多臂神劍雲謙和橫江金索楚占龍對視了一眼，緩緩走到岑粲身側，微微一揖，朗聲笑著說道：「兄台好俊的身手，真是英雄出在少年，教老夫仰慕得很。」

黃衫少年岑粲也拱了拱手，笑道：「雲老前輩對小可方才的舉動，是否有些不滿呢？」

雲謙目中光華閃動，但瞬即又回復安然，哈哈大笑道：「岑少俠說這樣的話就是見外了。你看，大家都已進廳去了，岑少俠何不也進去再喝兩杯？老夫還有一事，要請教岑少俠哩。」

岑粲朗聲笑道：「這個自然。」

昂首走入大廳，即筆直走到首席，在管神鷹方才坐的那個空位上昂然坐了下來，目光掃視間，群豪已又在對他側目了。

壽星雲謙微一捋鬚，走到首座上，方自端起酒杯，卻看見本和仁義劍客雲中程、靈狐智書站在一起的鬼影兒喬遷手裡捧著個木匣，又復走上前來，將那三軸畫卷夾到腋下，雙手捧起木匣，一面笑著說道：「小侄喬遷，謹以一雙蟠桃給您老人家上壽。」

雲謙大笑著，雙手接了過來。群豪的目光，不禁又轉到這一木匣上去，想著這位巨富神偷，這次送來的是什麼東西。

只見雲謙一打開匣子，就聽到「嗒」的一聲輕響，突然從匣中站起兩個高未達尺的玩偶來，俱都塑造得有如粉裝玉琢，一男一女，手裡捧著一對碧玉蟠桃，正是為王母上壽的金童玉女。

群豪不禁俱都大樂。

壽星雲謙笑聲更朗，轉身將這精巧的壽禮，放到供桌上。

卻聽那鬼影兒已自朗聲說道：「按理說，今天是雲老爺子的華誕，別人來晚，猶有可說，我喬遷怎麼會來得這麼晚呢？哈，這是有個原因的。」

他伸出一根手指，又道：「因為區區在下，突然聽到了一件消息，這消息，我敢說是天下武林朋友都樂於聽到的，可是在當時，我卻有些不信，所以特地跑到天目山上去一看，這才知道，這消息竟是真的。」

他滔滔說到這裡，群豪已漸動容。

那黃衫少年面上，不禁露出注意的樣子。只是這鬼影兒縮回手，微微一笑，又道：「各位，古語說得好，『學得驚人藝，售於識貨家。』各位，你們只要自問手底下還有兩下子的，趕緊收拾包袱，到天目山去，我喬遷包準你們絕對不會冤枉跑這一趟。」

他頓住話，眼珠四下亂轉，群豪果然俱都悚然動容。

壽翁雲謙一拍他的肩膀，哈哈一笑道：「賢侄，你有什麼話，就痛快點全說出來吧！何必叫人家著急。」

喬遷嘻地一咧嘴，笑道：「只不過我這消息一說出來，各位總得送我一點什麼東西才好。各位，我這天目山來回奔了這麼一趟，可也不能白跑呀！」

群豪譁然大笑，有的和這喬遷較熟的，就在笑聲中叫道：「喬三爺，我們是想送你東西，可是我們送的東西，你能看得上眼嗎？」有的又叫道：「喬爺，你老平日愛說笑，我看這八成兒又是笑話。我在江湖上跑了這麼多年，可也不知道天目山上會突然掉下月亮來。」此刻滿廳笑聲，顯然已將方才的不愉快之事給忘卻了。雲謙方在暗中轉念，以為這喬遷真的是在說笑，藉以使大家高興些。

哪知卻見這位巨富神偷突然一本正經地將桌上的杯盞挪到一邊，空出一塊地方來，將腋下夾著的三幅畫卷，小小心心地放在桌上，一面道：「各位，你們認為我這是說笑，那可就錯了。各位，老實告訴你們，天目山上，此刻正在搭著擂台，各位只要能在這擂台上技壓當場，稱雄露臉，那，那，這些就是你的。」

說著，他從桌上拿起了一幅畫，卷上金光燦然，竟畫著不計其數的金錠。

黃衫少年岑粲端起面前的酒杯，仰首喝了一口，伸出筷子夾了一塊海參放在嘴裡咀嚼，對這幅即使是用真金貼上去的畫卷，再也不望一眼。

群豪之中，坐在後面的，已有人站了起來，引頸而望。

這鬼影兒喬遷一面小心地捲起畫，一面又道：「這還不算稀奇，各位再看這個。」

隨著，又拿起一卷畫，打了開來，群豪又卻譁然一聲，眼睛睜得更大了些。

那黃衫少年岑粲，目光微斜，也不禁瞟了這幅畫一眼。只見這上面，精光耀目，竟不知用什麼在上面畫了許多柄長劍。

須知好武之人，往往將一些利器神兵看得尤重於財物珍寶，鬼影兒喬遷打開的這第二幅畫，顯然比第一幅更令人聳動。

喬遷用左手拿著這畫幅的上端，伸起右手的食指，指著畫上的劍，緩緩笑道：「金蛇、騰蛇、飛鳳、虬龍，各位你們總該聽過這幾柄劍的名字吧？可是你們又有誰見過呢？」

他故意拖著長尾音，哈哈一笑，又道：「可是各位若上了天目山，能在人家設下的幾樣玩意裡露一手，哈，那這幾口劍，其中就有一口是你的了。」

一個粗大的聲音，在人叢中吼道：「喬三爺，你這不是騙我的吧？」

喬遷閃目一望，只見發話的這人，正是江南三才劍的名家郭拓平，不禁哈哈笑道：「郭大爺，我喬三幾時騙過你來？你要是得了那口飛鳳劍，那你使起劍來，可就更沒有人能抵擋得住了……」

話猶未了，那郭拓平已躍身而起，走了出來，朝這畫狠狠盯了兩眼，又朝壽翁雲謙當頭一揖，竟自粗著聲音說道：「雲老爺子，小侄先走一步了。」

朝四座拱了拱手，竟不等雲謙挽留，就大步走了出去。這郭拓平原來是個火燒眉毛的急脾氣。

但是那黃衫少年，卻仍然自顧吃喝著，這些武林中人人垂涎的利器神兵，竟也引不起他的興趣，像是他根本不需要這些似的。

雲老爺子輕輕皺了皺眉，向喬遷道：「賢侄，你這可不是故作驚人吧？否則玩笑可就真開得太大了吧！」

喬遷又收起這幅畫，拿起第三幅來，一面笑道：「雲老爺子，您老人家放心，若小侄這是開玩笑，您就叫中程把我腦袋切下來好了。」

說著他又緩緩展開第三幅畫，這一次，竟連那素來不動聲色的黃衫少年岑粲都不禁面色大動，推杯而起，群豪的譁然之聲，響得也自更厲害了。

第三章　絕色麗人

河朔巨富、武林神偷鬼影兒喬遷這一展開第三幅畫來，滿廳群豪，更是悚然動容，就連那一向無動於衷的黃衫少年岑粲，那一雙炯炯發著光彩的朗目，也不禁眨也不眨地瞪在這幅畫上。

只見這幅淡黃的素絹上，畫的竟是一位絕色的麗人，雲鬟高挽，粉面桃腮，眉如春山，鼻如懸膽，一雙如月明眸，幽幽地望著自己的一雙春蔥，半點櫻桃，微微露出唇中的半行玉貝，一襲輕紅羅衫，更襯得髮如青絲，膚若瑩玉。滿廳群豪，雖然久歷江湖，北地胭脂，南國佳麗，都也曾見過不少，但拿來和畫中的這絕色麗人一比，立即便全都黯然失色。

這時偌大的一座廳堂，幾乎靜得有如荒郊，但聞群豪的呼吸之聲，此起彼落。

靈狐智書輕歎一聲，緩緩道：「喬三爺，你這可教老夫開了眼啦。老夫走南闖北，可還真沒有見過這等絕色的玉人。」

鬼影兒喬遷左手仍提著畫幅，右手朝自己頷下的短髭輕輕一抹，哈哈笑道：「不瞞各位，我喬老三要不是真見過畫中之人，可也真不相信塵寰中會有這種佳麗，而且，這幅畫雖是傳神，可是世間再高的丹青妙手，卻也畫不出這畫中之人的絕色來。」

靜寂了許久的人語聲又復大作，黃衫少年岑粲目光中帶著深思之色，緩緩又坐回椅上。這畫中麗人的絕色，固然令他神馳目眩，但更令他驚異的，卻是這畫中麗人的面孔，像是似曾相識，只是他搜遍記憶，卻也想不出到底是在哪裡見過而已。

喬三爺又是哈哈一笑，左手一揚，將那幅畫更提高了些，笑道：「各位，您要是不但能在天目山中設下的幾樣絕技中出人頭地，還能技壓當場，大魁群雄，那麼——」

他右手朝畫幅一指，接道：「不但明珠千斛、黃金萬兩都將歸您所有，畫中的這位麗人，也就變成你的金屋中人。不過，只是一樣——」

他故意一頓話聲，緩緩地挑起這幅畫來，雙目閃動處，只見滿廳群豪，大多已站了起來，伸長了脖子，靜聽自己的下文。

多臂神劍微微一笑，道：「喬賢侄，你有什麼話，就快說出來吧，別叫大家著急。」

鬼影兒喬遷哈哈笑道：「不過想要做這位絕代佳人的乘龍快婿，一定要得年紀不大，還未娶過家室的。像我這號人物，別說武功還差得太遠，就算武功真成，也只有乾瞪眼，那只是因為區區在下已經成了家，連兒子都生出來了。我要是早知道有這種事，那就是拿刀架在我脖子上，我可也不會那麼早就娶親的。」

群豪嘩笑聲中，突有一個響亮的聲音道：「是不是除了結過親的之外，任什麼人都有資格呢？」

鬼影兒喬遷目光動處，只見發話的這人身高體壯，滿面紅光，頭上紮著一方「卐」字武生巾，正是江北地方成名的武師禿鷹殷老五，不禁哈哈又一笑，又道：「對了，一點也不錯。別說像殷五爺你這樣的一表人才，就算是大痳子、獨眼龍，甚至缺條腿、斷隻手的，只要是手底下有兩下子，一樣也能得到這位美人的青睞。」

禿鷹殷老五一拍腦門，本已滿是油光的臉上，更冒出紅亮亮的一層光來，一面答道：「有這種事！那我殷老五說不得也要上天目山去走走了。」

撲地坐了下來，拿起一大杯酒，咕嘟喝了下去，右手隨手一抹，就將頭上的「卐」字武生巾抹了下來，裸露出裡面的一顆禿頭。

群豪又都哄然就座。鬼影兒喬遷將這三幅畫小心地放在自己的肘邊，才坐了下來，卻見多臂神劍雲老爺子正色說道：「喬賢侄，現在你說也說出去了，我可要問問你，這件事到底是怎麼回事？在天目山裡面弄出這麼件轟轟烈烈的大事來的，到底是誰？不瞞喬賢侄你說，這件事老夫看來，確實有點透著奇怪，天下哪有把金元寶硬往人身上送的人呢？」

鬼影兒喬遷揚起杯來，大大地啜了口酒，方自笑道：「雲老爺子，不瞞您老人家說，天目山裡的人到底是什麼來歷，小侄現在可也不能說出來。不過這件事倒的確千真萬確的，到天目山上去的人，就算武功不成，空手而返，可也絕不曾吃虧。」

多臂神劍兩條濃眉微皺，突然笑道：「既然是如此，老夫說不定也要去看看了。大約不出兩個月，天目山上，冠蓋雲集，武林中成名露臉的人物，恐怕都要在那裡露一露了。」

話聲方了，席上突然響起一陣朗笑之聲，只見那黃衫少年岑粲朗笑道：「其實自問武功不成的，倒是不去更好，不然反而貼上路費，偷雞不著，反而倒蝕把米，那才叫冤杜！」

始終立在雲謙身後的仁義劍客雲中程，此刻軒眉說道：「如此說來，豈非只要閣下一人去就足夠了嗎？」

雲老爺子濃眉又一皺，回首含嗔望了那雲中程一眼，似乎在責怪他不應招惹這黃衫少年，因為這老江湖已從這少年方才施出的身法，看出他的來歷。

哪知黃衫少年岑粲卻又冷笑道：「正是，正是，就像閣下這種身手，還真不如不去也罷。」

雲中程劍眉一軒，席上的這班俱是武林中一流人物的老者，也俱都為之色變。但那黃衫少年，卻仍然若無其事，生像是根本就沒有將這些武林高手放在眼裡似的。

他目光一轉，轉到鬼影兒喬遷肘邊的三幅畫上，微微笑道：「閣下的這三幅畫，也不必帶在身上到處傳說了——」

說話聲中，緩緩伸出左手來，就朝那三幅畫上抓去。

鬼影兒喬遷此刻也不禁面色大變，冷叱道：「這個還不勞閣下費心。」

揚著酒杯的右手，突然一沉，便壓在這三幅畫卷上。

黃衫少年岑粲冷笑一聲，左手也已搭上畫卷。喬遷只覺壓在畫卷上的右手，突然一熱，杯中的酒，像噴泉般湧了出來，濺了他一身。

席上群豪不禁又為之悚然。黃衫少年岑粲冷笑聲中，已將三幅畫卷拿在手裡，一面冷笑道：「這還是交給在下好些。」

鬼影兒喬遷一生闖蕩，交遍了天下武林中黑白兩道的朋友，不到萬不得已絕不和人動手，此刻卻也不禁面目變色，坐在椅上，微一擰腰，雙手疾伸，嗖地擊向這少年岑粲的肋下。

口中一面厲叱道：「朋友，你未免也太狂了吧！」

黃衫少年岑粲目光一凜，冷叱道：「你想動手？」

左手抓住畫卷，橫地一劃，便倏然劃向這鬼影兒喬遷一雙手掌的脈門，應變之迅，可說是有如閃電一般。

喬遷沉肘揚腕，掌緣變式切向這少年的肩頭。這在武林中素有神偷之譽的鬼影兒，此刻一出手，變招果然快極。

這兩人俱都仍端坐在椅上，但瞬息之間，卻已拆了數招。這種貼身近搏的招式，看來雖不驚人，但卻俱都是立可判出勝負的妙招。

坐在這黃衫少年身側的，正是長江水路大豪、橫江金索楚占龍，此刻濃眉一軒，冷叱道：「朋友，這裡可不是你動手的地方。」

左手手肘一沉，一個肘拳，撞向那黃衫少年的右肋。

黃衫少年岑粲左手抓著畫卷，向外一封，封住了喬遷的一雙手掌，右掌突然向內一回，並指如劍，指向楚占龍肘間的曲池穴。

這黃衫少年左右雙手，竟然分向擊出，而且俱是以攻制攻、制敵先機的妙招，身手之驚人，也無怪他這麼狂妄了。

哪知就在這同一剎那裡，他眼前突然銀光一閃，兩道寒風，劈面而來。

這一下他三面受敵，而且都是快如迅雷，席上的武林健者，眼看這狂妄的少年已將喪在這三面夾攻之下——

哪知群豪只覺眼前一花，黃衫少年便已失去蹤跡。橫江金索楚占龍和鬼影兒喬遷的拳掌，竟齊都落空，那劈面向他打來的兩點銀光，去勢猶勁，竟帶著風聲，飛向鄰桌，不偏不倚地竟恰巧擊向那禿鷹殷老五的禿頭。

禿鷹殷老五面色一變，長身而起，鐵掌揮處，將這兩道銀星揮出了廳外，滿廳譁然聲中，只覺多臂神劍變色低呼一聲：「迷蹤七變。」

方才盛怒之下，將桌上的一雙銀筷當暗器發出，擊向那黃衫少年面門的仁義劍客雲中程，此刻目光動處，看見那黃衫少年岑粲，竟連人帶椅端坐在那張上面供著壽桃的八仙桌子前面，嘴角兀自帶著一絲冷笑。

此刻廳上又是一陣大亂，橫江金索楚占龍、鬼影兒喬遷已自推杯而起。那黃衫少年雖仍端坐不動，正在緩緩展看畫卷，但是面上劍眉怒分，目光凛然，已露出殺機來。

握著菜碗、正待上菜的長衫健漢，此刻不禁也停住腳步。他們手裡捧著的，雖然是非得趁熱吃的鮑魚大翅，但此時卻也只能讓這菜涼著，因為此刻大廳中劍拔弩張，已是一觸即發的局面。

哪知此刻廳外突然傳來一陣銀鈴般的笑聲，一個嬌柔的口音笑道：「這麼好一雙筷子，丟了有多麼可惜呀！」

群豪立刻詫然回顧，只見大廳之外，婀娜走進兩個紅裳麗人來，滿頭青絲高高挽起，嬌聲婉轉，體態如柳，一人伸出一隻欺霜賽雪的玉手。手裡拿著的，卻是方才被禿鷹揮出廳外的銀筷。

鬼影兒喬遷的目光，此刻不禁也從那黃衫少年身上轉了過來，他目光一觸這兩個紅衫少女之面，突然一愕，竟搶步迎了上去。

這兩個紅裳少女，右手各拿著銀筷，秋波四下一轉，瞥見喬遷，便一齊伸出左手，掩口一笑，嬌聲道：「原來喬三爺也在這裡呀！」輕紅羅衫的寬大衣袖微微落下半截，露出裡面一雙白如瑩玉的手腕，笑容之美，不可方物。

滿廳群豪見這兩個紅裳少女的輕輕一笑，只覺意眩神馳，數百隻眼睛不禁都眨也不眨地目注在這兩個少女身上。

鬼影兒喬遷搶步到這兩個少女的身側，竟然躬身施了一禮，道：「兩位姑娘怎麼也來了？」

這兩個紅裳少女一齊伸出右手，將手中的銀筷遞在這喬三爺手上，左手輕輕向上一提，理了理鬢邊的亂髮，齊聲嬌笑道：「我們是來拜壽來了。喬三爺，您給我們引見引見，做壽的雲老爺子是哪一位呀？」

滿廳燈光通明，方才插在院牆裡的火把也未撤下，此刻這大廳裡裡外外，俱都亮如白晝。廳上群豪愕然目注之中，發覺這兩個紅裳麗人，不但體態、笑貌俱都一樣的嬌美動人，這兩人的面貌，竟也完全一樣，生像是上蒼造物，已造出這麼一位麗人來，卻仍覺得意猶未盡，竟又照著這副樣子，一模一樣地又造了一個，只苦了滿廳群豪的眼睛，竟不知究竟看在誰身上才好。

壽翁雲謙此刻已緩步走了出來。他方才見到這兩個紅裳少女的裝束打扮，心中轉處便已猜出，這有如天外飛來、突然出現的兩個少女，必定是和那畫中的麗人有著關係。

他即步出筵間，那兩個紅裳少女波回轉處，也已迎前一步，一齊伸出玉手，在腰間一搭，深深地福了下去，一面嬌笑著說道：「這位想必就是雲老爺子吧？我們姐妹倆拜壽來得遲了，還請您老人家恕罪。」

壽翁雲謙掀鬚一笑，笑道：「好說，好說。老夫的賤辰，怎敢勞動兩位姑娘的大駕。」

這位多臂神劍，在自己生辰之中，已遇到這麼多橫生的變故，但這名滿江湖的老人，此刻卻仍然笑語從容，的確是性情豁達之人。

這兩個紅裳少女一齊婷婷站了起來，掩口笑道：「雲老爺子要這麼說，可教我們姐妹倆折煞了。我們家小姐常跟我們說，當今武林中，只有雲老爺子是了不起的老前輩。這次我們小姐差我們姐妹來給雲老爺子拜壽，我們姐妹都高興得不得了，因為我們總算見著雲老爺子了。您老人家要是不嫌棄我們姐妹，就千萬別這麼客氣。」

這兩個紅裳少女巧笑倩然，語若黃鶯，嘀嘀咕咕說了這麼一大篇，滿廳群豪卻都不禁暗吃一驚，心中同時升起一個想法：「原來這兩個少女僅是丫環而已，那麼她們的小姐，又該是怎樣的一個人呢？」

於是群豪心中，不約而同地就聯想到那畫中的麗人身上，對天目山之行，更加了幾分信念。

壽翁雲謙哈哈一笑，方自待言，哪知這兩個少女又嬌聲一笑，道：「我們只顧自己說話，卻把正經事給忘了。」

一齊悄然轉身，輕移蓮步，走到廳口，伸出四隻玉掌來，清脆地拍了幾下。

一面卻又回首嬌笑道：「我們小姐還叫我們帶來幾樣薄禮，給雲老爺子您老人家上壽，叫我們稟告您老人家，說她不能親來，讓您老人家恕罪。」

雲謙長笑謙謝，卻見那兩扇一直敞開的大門中，已婀娜走進兩個亦是一身紅羅裳的垂髫少女來，手中各捧一只金光閃閃的拜盒，不論裡面是什麼東西，就單單是這兩只拜盒，已是價值不菲了。

群豪方自暗中暫讚，哪知這兩個垂髫少女方自走到院中，門外卻又轉入一對紅裳垂髫少女，手裡也捧著一對純金拜盒。

壽翁雲謙一捋長鬚，走到廳口，連聲道：「兩位姑娘！這……老夫怎擔當得起！」

語猶未了，門外已陸陸續續婀娜地走進八對捧著純金拜盒的紅裳垂髫少女來，一個個蓮步姍姍，一齊走到廳口，一手舉著拜盒，一手搭在腰上，朝壽翁雲謙，深深地一福。

滿廳群豪，不禁俱都相顧動容，只有那黃衫少年，卻仍端坐在椅上，手裡已展開那幅絹畫，眼睛盯在畫中那絕色麗人身上，彷彿在回憶著什麼。

那兩個紅裳少女一齊轉過身來，一面嬌笑道：「這麼幾樣薄禮，算不了什麼，雲老爺子您千萬別客氣。我們姐妹來給您老人家拜壽，根本沒帶什麼，只有再敬您老人家一杯壽酒了。」婀娜走到筵前，已有一個長衫健漢，遞來兩隻酒杯，壽翁雲謙亦大步趕來，大笑道：「好，好，兩位姑娘既然如此說，老夫就生受了。」

舉起酒杯，一飲而盡。

這兩個紅裳少女在杯中淺淺啜了一口，又自嬌笑道：「今天雲老爺子做壽，天下武林好漢，知道的想必都趕來了，我姐妹兩人借花獻佛，也敬各位一杯。」

群豪此刻大半已被她們神采所奪，自然全都舉起杯來。

這兩個紅裳少女淺淺一笑，秋波一轉，突然笑容頓斂，四隻明如秋水的明眸，卻一齊盯在那端坐未動、手裡拿著畫卷的黃衫少年岑粲身上。

鬼影兒喬遷搶上三步，附在這兩個紅裳少女身側，輕輕說了幾句話，只見這兩個少女柳眉突然一軒，瞬又嬌笑道：「想不到我們姐妹來得這麼巧，還趕得上看到這麼一位少年英雄。這麼說來，我們姐妹更要敬一杯了。」

立在右角的少女，突然右手一揚，「錚」的一聲，將手中的青瓷杯彈了出去。

群豪但見這只酒杯，像是陀螺似的，旋轉不息地直飛到那黃衫少年的面前，突然劃了個平弧，繞過展在他面前的畫卷，忽然擊向他面頰上，勢道雖急，杯中的酒，卻未濺出半點。

群豪不禁失聲喝起彩來，哪知那黃衫少年卻仍然動也不動，生像是根本沒有看到似的。

只見那帶著風聲的酒杯，已堪堪擊在他面頰上，他竟微一側面，張口一吹一吸，那青瓷酒杯竟像箭也似的直飛了回來。

而那杯中的酒，卻如一條銀線般，投入了他張開的嘴裡。

這種匪夷所思的功力，當然使得群豪冉次脫口喝起彩來。

那兩個紅裳少女，也已玉容驟變，右面的那少女纖手一招，將酒杯接在手裡，卻見那黃衫少年已長笑而起，朗聲笑道：「好酒，好酒。」

一面又笑道：「戔戔一畫，閣下既然不肯割愛，小可只有原物奉回了。」

長笑聲中，雙手微揚，竟將手中的這幅絹畫，揮向這兩個紅裳少女。

這薄薄一張絹畫，此刻卻像勢挾千鈞，那兩個紅裳少女，遠遠即已覺出風聲凜然，她倆武功雖不弱，卻不敢伸手去接。

此刻筆下寫雖慢，當時卻是快如閃電，霎眼之間，這幅被那以絕頂內家真力揮出的絹畫，便已夾著風聲飛到紅裳少女的眼前。

橫江金索楚占龍鬚髮皆張，大喝了一聲，正待揮掌，哪知那兩個紅裳少女突然咯咯一聲輕笑，柳腰一擰，竟像是兩隻彩鳳，比翼飛到這幅絹畫上。

這幅畫去勢仍急，筆直地飛向廳外，那兩個少女紅裳飄飄，竟也隨著這幅畫飛向廳外。

黃衫少年撫掌大笑道：「敬我一杯酒，還君一片雲，雲送仙子去，風吹仙子裙。」

朗吟聲中，身形暴長，已自掠出廳外。

滿廳群豪眼見這種奇景，耳聞這種朗吟，目光轉向廳外，卻見那一片「彩雲」去勢雖然緩了下來，卻未下落，微微轉了方向，真的生像是一片彩雲似的，在院中盤旋而舞。

院中婷立著十六個紅裳垂髫少女，此刻竟都嬌笑一聲，一齊放下手中的拜盒，輕擰柳腰，隨著這片「彩雲」飄飄而舞，玉手招揚處，手掌中各各揮出一股勁風，托得這片「彩雲」高高飛起。

群豪但見滿院紅袖飛揚中，一片彩雲，擁著兩個仙子，冉冉凌空而舞，早已俱都擁到廳口，伸長脖子望著這幅奇景，一個個只覺目眩神馳，不能自主，就連喝彩都全然忘記了。

那黃衫少年目光回掃，朗聲笑道：「好一個彩雲仙子！」

腳尖微點，竟也撲上這片「彩雲」。紅裳少女咯咯嬌笑一聲，突然揮出四隻玉掌，擊向這黃衫少年岑粲的肩、胸。

這片「彩雲」長不過四尺，寬不過兩尺，此刻上面站了三人，已是間不容隙，這兩個紅裳少女微一揮掌，便已堪堪擊在這少年岑粲身上。

岑粲但覺漫天紅袖影中，四隻白生生的手掌，快如飄風般地擊了過來，胸腹忙自一吸，掌影雖已落空，自己腳下藉以著力的一片彩雲，卻又已冉冉飛了開去，自己輕功再高，卻也無法凌空而立，勢必要落到地面上去。

那兩個紅裳少女腳跟旋處，乘著其揮掌之勢，將「彩雲」帶開，飄飄落向地上，此刻卻一齊伸出玉掌，又清脆地拍了兩下，收起已落在地上的絹畫，立列牆角，突然曼聲低唱起來——

那十六個紅裳垂髫少女，就在黃衫少年身形落下的那一剎那，各個輕拍著玉手，身形動處，紅袖飄飄，衣裙飛揚，隨著這兩個絕色少女的歌聲，婀娜起舞。霎眼之間，只見滿院中的紅影，如璇光流轉，當中卻裹著一個淡黃人影，宛如璇光中的一根支柱。

歌聲曼妙，舞影翩翩，天上月明星稀，院中卻亮如白晝，群豪但覺目眩神馳，幾不知人世之間，何來此清歌妙舞。

但在這一片輕紅舞影中的黃衫少年，此刻卻是屹立如山，面色凝重，因為只有他知道，這些垂髫少女，舞姿雖然曼妙，但在她們紅羅衣袖中的一雙雙玉手，卻是每一揚動處，就是往自己身上致命的地方招呼。

璇光每一旋轉，就有數十隻纖纖玉手，以無比曼妙的舞姿，其中卻夾著無比凌厲的招式，電也似的襲向這黃衫少年岑粲的身上。

但是他腳下踩著細碎的步了，身形微微扭轉處，這數十隻纖纖玉手，竟連他寬大的袍角都沾不到半點。

立在牆上的巨大火把之火焰，不停地搖舞著，光影倏忽中，只見那多臂神劍雲謙捋著長鬚，站在廳堂前的石階上，本是赤紅的面膛，此刻卻彷彿變了顏色，一雙虎目，眨也不眨地望在這一片舞影上，突然長歎一聲，沉聲道：「想不到這竟真的是絕跡武林已有多年的霓裳仙舞──」

他話聲未落，站在他旁邊的靈狐智書、橫江金索楚占龍已然一齊伸過頭來，脫口驚呼道：「霓裳仙舞？」

多臂神劍微一頷首，歎道：「方才我看這狂傲少年的身法，已看出他竟是昔日萬妙真人獨步江湖的迷蹤七變，哪知道此刻這幾個少女，卻是苗疆那個女魔頭的傳人，看來江湖之中，平靜已久，卻又將生出變亂了。」

楚占龍、靈狐智書不禁也俱都為之面目變色。橫江金索乾咳了一聲，低低道：「不會吧，這兩個魔頭，一向都未聽說有過傳人——唉，不過這十年之中的變化，又是誰能預測的呢？」

他長歎聲中，也自承認了雲謙的看法，兩道濃眉，深深皺到一處，但冗自說道：「不過——這幾個少女的身法，雖然像是傳自苗疆，但這黃衫少年，卻未必是萬妙真人的弟子——」

哪知院中突然響起一陣長笑，打斷了他這帶著幾分自我安慰的話。長笑聲中，只見院中的淡紅璇光中的那條黃衫人影，已是沖天而起。

笑聲未住，這黃衫少年的身形，竟凌空一轉，倏然頭下腳上，箭也似的掠了下來，鐵掌伸處，電也似的劈向兩個垂髫少女的肩頭。

但這兩個少女腳下並未停步，依然繞步而舞。哪知這黃衫少年岑粲的身形，在空中竟能隨意轉移，微一擰腰，兩隻鐵掌，已分向抓入這兩個垂髫少女飛揚著的袖裡。

但聽一聲嬌呼，岑粲長笑之聲再次大作，雙腿向後疾伸，借著手上的這一抓之力，身形又騰空而起，唰唰兩掌，帶著凌厲的掌風，揮向另兩個垂髫紅裳少女。

這種驚人的輕功，立刻換得群豪的紛紛驚呼。十六個垂髫少女的舞步，也立刻為之大亂。

那兩個紅裳少女的歌聲，也自愈唱愈急，本是滿院旋轉著的舞影，此刻卻只剩下了那岑粲的淡黃衣影，漫天飛舞。

多臂神劍濃眉皺處，轉臉向橫江金索楚占龍低語道：「普天之下，除了天山一脈傳下的七禽身法，飛龍五式，和昔年星月雙劍獨步武林的『蒼穹十三式』外，能夠凌空擊敵，而能借勢騰越的，只有萬妙真人藉以揚名天下的迷蹤七變中的蒼鷹變了。楚兄，現在你該也看出這少年是否那魔頭的傳人了吧？」

楚占龍長歎一聲，方待答語，卻見那兩個曼歌著的紅裳少女，突然玉掌輕拍，歌聲戛然而住。

垂髫少女們的舞步本已七零八落，歌聲一住，這些垂髫少女們的身形，便立刻四下散開，其中有幾人輕顰黛眉，暗咬朱唇，捧著玉腕，顯見手腕已經受了傷，只是黃衫少年似乎甚為憐香惜玉，下手並不重，是以她們傷得並不厲害罷了。

黃衫少年岑粲目光傲然四掃，輕輕一拂衣袂，又復朗笑道：「江南春夜，仙子散花，再加上這兩位絕代佳人的清歌曼唱，真是高歌妙舞，雙絕人間。不想區區今日，卻也躬臨此盛，開了這等眼界。」

那兩個紅裳少女，也自嬌笑一聲，伸出玉手，輕輕掩住帶笑的嘴角，婀娜地走了過來，口中嬌聲笑道：「哎喲，您怎麼這樣客氣，我們姐妹這副粗喉嚨、破嗓子唱出來的東西，還說是清歌曼唱哩，這可真教我們不好意思。」

嬌笑聲中，掩著嘴角的玉手，突然閃電似的往外一伸，十隻春蔥般的玉指，此刻竟有如利刃，疾然點向這黃衫少年面上的聞香、四白、地蒼、下關和左肩的肩井、肩貞六處大穴，認穴之準，無與倫比。

這一下不但突兀其來，而且來勢如風，眼看這十隻纖纖玉指，已是觸到這黃衫少年的穴道上。滿院群豪驚喟一聲，不禁都在心中暗忖：「這兩個少女好快的身手、好狠的心腸，竟在談笑之中，都能致人死命。」

哪知這黃衫少年看似猝不及防，其實卻是成竹在胸，又倏然笑道：「我非維摩仙，難當散花手，兩位姑娘的盛情，在下不敢當得很。」

長笑中，身形已自滑開五尺，這兩個紅裳少女的兩隻玉手，便又落空。

佇立階前的多臂神劍雲謙始終皺著雙眉，此刻長歎一聲又道：「此十年之中，看來那萬妙魔頭，功力不知又加深了幾許，竟連他的這個弟子，武功已不在當年乃師之下，竟連霓裳仙舞陣都難不倒他了。唉——十年歲月，本非等閒，只是我那浩然老弟呢？怎麼一去無蹤？你是否也練成了幾樣絕技呀？」

這胸懷磊落的老人，不禁油然愴懷，目光一抬，只見院中掌影翻飛，掌風虎虎，那兩個紅裳少女，在這瞬息之間，竟已連攻了數十招，只是岑粲身形閃動，動如飄風，雖然並未使出全力，但卻應付得從容已極。

這兩個紅裳少女心中不禁暗駭，對手武功之強，遠遠出乎了她們的意料，尤其更令她們著急的是，對方應敵雖似瀟灑，但出手卻狠辣已極，自己姐妹兩人多年苦練的連擊之勢，竟被這少年舉手投足間破去，他一片淡黃的身影，竟生像是停留在自己姐妹兩人之間，但自己一掌擊去，卻又總是擊空。

這兩個紅裳少女雖然手揮五指，目送飛鴻，身法之曼妙，令得滿院群豪心中既驚且佩，但是她們此刻卻已心中有數，知道自己絕非這黃衫少年的敵手。

黃衫少年朗笑一聲，身形轉移處，避開了左面少女的一招，左掌「呼」地一擊，身形卻轉到右面少女身側，含笑低語道：「姑娘，你這又是何苦呢？累壞了身子，叫在下也看著難受。」

右面這少女梨窩微現，嬌聲一笑，也自悄聲道：「謝謝您哪。」纖腰轉扭，巧笑宜人，吐氣如蘭，但就在這巧笑悄語中，一雙玉手，卻已搶出如風，隨著纖腰的一扭，一隻玉足，也自踢出，霎眼之間，竟攻出三招。

岑粲哈哈大笑，身形如行雲流水般又自滑開，口中笑著道：「好狠的丫頭。」

袍袖連展，那兩個紅裳少女只覺強勁的掌風，排山倒海般向自己壓了下來，兩人眼珠一轉，對望了一眼，突然嬌軀同時一轉，咯咯一笑，左掌攜住左掌，右掌齊往外一推，身形卻借著這一推之勢，驚鴻般退到牆角。

群豪方自一愣，哪知這兩個紅裳少女竟又掩口一笑，嬌聲道：「我們累了，不打了，你要打就一個人打吧！」

牆上的火把，已燒近尾端，火焰卻似較前更強，閃動著的光影，照在這雙紅裳少女的面上，只見她們嘴角帶著淺笑，眼波四下流動，就像是垂髫的頑童，和男伴騎青竹馬跑累了，把竹竿一丟，就不來了似的。

又像是玩抓米袋玩輸了，就將米袋一丟，撒嬌撒賴的樣子，卻哪裡像是武林高手比鬥後的神情？滿院群豪目定口呆，心中卻在暗笑，望著那黃衫少年，看他究竟如何對付這嬌憨天真，卻又刁蠻狠辣的少女。

此刻又有十數個穿著長衫的大漢，靠著牆腳俯首急行，換下已將燃盡的火把。那兩個紅裳少女卻在牆腳下，理著雲鬢，整著羅裳，偌大的一個院子裡，就只剩下那黃衫少年一人站在中央，目光四下轉動，似乎也不知道該如何應付這兩位刁蠻少女。

十六個閃著金光的拜盒，仍一排排擺在階前，只見那兩個紅裳少女突然輕輕一笑，婀娜行至拜盒之前，嬌聲道：「我們姐妹兩個特來給雲老爺子拜壽，沒想到卻給雲老爺子帶來這麼多麻煩。我們本來還想在這兒多待一會兒，只是又怕小姐等得急了——」

說著，又深深一福，嬌笑道：「我們姐妹就此告退了。」

柳腰一折，也不等雲謙答話，就轉首走了出去。

黃衫少年岑粲劍眉一軒，橫跨一步，卻見這兩個少女竟又笑道：「您武功既高，長得又英俊，千萬別忘了在八月中秋之前，到天目山去一趟，說不定——」掩口一笑，「您將來就是我們家小姐的新姑爺哩。」

這兩個少女巧笑宜人，嬌語如珠，黃衫少年岑粲眼珠轉了幾轉，突又放聲長笑道：「好，好，在下一定遵命赴約。不過若是你家小姐也像兩個姑娘這麼狠心，在下卻先就有點膽寒了。」

長笑聲中，目光在滿院群豪面上一掃，突然飛起身形，如燕掠起。鬼影兒喬遷一直站在廳前階上，此刻看到紅裳少女們要走了，微撩衣角，走了下來，哪知眼前突然一花，「啪」的一聲，面頰上竟被人清脆地打了一掌。他驚叱一聲，卻見一條黃影，已帶著長笑似的掠出牆去，霎眼之間，便消失蹤跡。

喬遷雖以輕功馳譽江湖，但等到他發覺這條人影時，人家卻早已逸去無蹤了，一時之間，他愣愣地站在院中，臉上由青轉紅，終於長歎一聲，一跺足，也自掠了出去。

仁義劍客雲中程一個箭步竄了過去，口中急喊道：「喬三哥，喬三哥……」

但喬遷羞怒之下，連頭都未回，腳尖在院牆上一點，身形便也消失在蒼蒼夜色裡。

鬼影兒喬遷一生行走江湖，人緣之好，武林中無出其右者，此刻受了這種屈辱，滿院群豪，俱都為之歎息不已。

那兩個紅裳少女對望了一眼，輕移蓮步，緩緩走出門外，那十六個捧金盒的垂髫女童，一排跟在身後。多臂神劍長歎一聲，大踏步走到門口，卻見她們已自跨上了四輛漆著紅漆的華麗馬車，馬車的車門，都已關上了。

車聲一起，這四輛馬車便馳出巷外。多臂神劍望著車輪在地上揚起的灰塵，乾咳一聲，心中懊惱不已。

他負手走入院中，只見滿院群豪正自三三兩兩，聚首低語。靈狐智書和橫江金索並肩行來，似乎想說幾句慰解這壽翁的話，但卻也不知該怎麼說好。無論任何人，在自己壽誕之期，遇著這種不順心的事，就算他心懷豁達，卻也難免懊惱。

仁義劍客雲中程望見他爹爹面上的神色，哈哈強笑道：「酒菜雖冷，仍可重溫，各位不妨再請進廳來，暢飲幾杯。此刻已近天明，我們這真是夜飲達旦了。」

群豪哄然一聲，又復聚入了大廳。雲謙目光四轉，微喟道：「長江後浪推前浪，一輩新人換舊人，唉——智兄、楚兄，你我真的是老了，不中用了，看看方才那幾個少年的身手，今日江湖，恐怕就將是他們的天下了。」言下不勝唏噓。

靈狐智書緩緩步上台階，卻笑道：「雲老哥，不是小弟自誇，你我年紀雖老，筋骨還未老哩。真遇著事，仍可與這般兒輩一較身手。雲老哥，你又何必長他們的志氣呢？」

橫江金索濃眉深皺，亦自微喟道：「智兄之話雖不錯，但那黃衫姓岑少年的武功，老夫行走江湖多年，倒還真未見過。就算昔年中原大俠卓大爺的全盛之時，身手也不過和他在伯仲之間，其餘的人，更不足論了。」

多臂神劍長眉虎目一軒，哪知廳前屋簷下，突然緩緩走出一個人來，朗聲說道：「方才那狂傲少年武功雖高，但若說他就是當今武林第一，小侄卻認為還差得遠哩。」

雲謙、楚占龍、智書俱都一驚，閃目望去，只見這人穿著一襲淡藍長衫，身軀臃腫，腹大腿短，乍眼望去，就像個芒果似的。

多臂神劍微微一笑，道：「我當是誰呢，原來是蘇賢侄。」

楚占龍、智書心中卻不悅地暗哼一聲，原來他們也認得此人，只不過是江南七省中一間最小的鏢局中的一個鏢頭而已，在武林雖也小有名望，但當著自己說出這種話來，卻總有些不妥。

這矮而臃腫的胖子哈哈一笑，又道：「雲老爺子，你老人家可知道，江南地面上，最近又出了個奇人，若拿方才那姓岑的和人家一比，連給人家脫靴都還差得遠哩。」

楚占龍微哼一聲，冷冷道：「蘇世平，難道你又見過此人了嗎？怎麼老夫卻未曾聽過？」

蘇世平咧嘴一笑，道：「小可若未親眼見過，又怎敢在老前輩們面前說出來！」

他語聲一頓，肥臉上的小眼睛在楚占龍臉上一轉，含笑又道：「說來也確令人難以相信，但小侄眼見的這人，別的武功不說，就單只輕功一樣，凌空一躍，竟然能夠橫飛五丈。雲老爺子，你老人家說說看，人家這份輕功，是不是有些駭人聽聞？」

雲謙雙眉微皺，心中一動，連忙問道：「你看清此人的容貌沒有？他有多大年紀？是不是個身材不高，頷上留著些短鬚，國字口臉，大約有五十餘歲的中年人？」

蘇世平伸出一雙肥手來，連搖了幾搖，道：「不對，不對，那人年紀並不大，最多也只有二十來歲，長得漂漂亮亮的，而且——而且他穿的也是一件黃顏色的袍子，就和方才那姓岑的一樣，只不過身材較短，也較為胖些。」

雲謙聞言長歎一聲，一腳跨進門檻，低語道：「如此說來，此人又不是我那浩然老弟了。」

靈狐智書卻雙眉一皺，問道：「你看到的人，也是穿著黃色長衫嗎？」

蘇世平連連點頭，楚占龍冷哼又道：「你既然見過此人，你可知他姓什麼？叫什麼？你可認不認識他？」

蘇世平一咧嘴，又自笑道：「這個小侄卻不清楚了。老實說，小侄只見過此人一面而已，也不認識他，只是那天小侄保了趟鏢，經過雁蕩山，突然——」

楚占龍不耐煩地哼了一聲，冷冷道：「你不認識他，就不必多說了。」

大步走入廳中，蘇世平暗中一撇嘴，心裡罵著：「你這老傢伙，有什麼了不起！」

也自走入廳中，尋了個空位坐下，大吃大喝起來。

曙光漸露，院中的火把也撤了下去，列在階前的一排金色拜盒，被送入了內宅，換得了內宅女眷的無數聲驚讚，暗中猜測著，是誰有這麼豪闊的出手，送來了如此重的壽禮。

拜壽群豪，雖然有些是蕪湖當地的豪士，但卻大半是來自其他各地，此刻正壽日期一過，也就大多帶著七分酒意，踏著曉色，離開了雲宅。但這些武林豪客的心中，卻幾乎不約而同地有著一種念頭，那就是在八月以前，趕到天目山去。縱然自己武功不濟，但這分熱鬧總是要看的。

雲宅大廳中，此刻除了一些打掃收拾的家僕外，就別無一人。但在雲宅後院的一間雅室裡，卻另外擺了一桌精緻的酒筵。

雖然徹夜未眠，但此刻坐在這酒筵旁的幾個老人，卻都絲毫沒有倦容。仁義劍客雲中程恭謹地坐在末座，為他爹爹的這些過命知交不時地添著觥中的酒，而這些都是早就名滿天下的老英雄們，口中所談論的，也全都是有關天目山中，這一次神秘的行動，和主持這件事的神秘人物。

他們雖都已知道，這件事必定是有關昔年武林中的怪人溫如玉的，但這件事的背後，究竟隱藏著什麼用意，卻不是他們所能猜測得到的了。

第四章　風雲際會

不出一月，大江南北，兩河東西，只要是稍微涉足武林的人，就沒有一個不知道天目山中，有著一個絕世的美人，還有著巨萬金珠，數口神兵。普天之下，武林豪士的話題，也幾乎都以此事為主。

江南道上，馬蹄紛紛，俠蹤驟現，來自各地的武林高手，草莽豪客，騎著健馬，佩著長劍，由皖入蘇，由魯入蘇，由贛入蘇，由閩入蘇，四面八方地趕到江蘇來。

沉寂已久的武林，便因為此事，而突然掀起了一陣空前的熱潮。這其中有的自然是自恃身手，想在這天目山上揚名立萬的；有的自也還存著一分貪心，希望自己能名利俱收；也有的卻只是想來趕這場武林中百年難見的熱鬧。

此刻正是盛夏，距離八月中秋，也只還有一個多月了。天目山鄰近的州縣，客棧全都住得滿滿的，不時有勁裝佩刃的精悍漢子，昂首闊步在鬧市之中。

本來只是聞名而未見面的武林豪客們，也都借著這個機會，握手言歡，互道仰慕。

但也有些積怨多年的仇家，此刻窄地相逢，自然就得立刻血濺當地，拚個你死我活。

這些人各有來歷，各懷絕技，但都是坐鎮一方的豪客，此刻聚在一處，自然難免生出好些事端，弄得當地的三班捕頭，食不安筵，寢不安席，生怕在自己的轄區中，生出什麼大案。

但這些人都有一點共同之處，那就是每個人都在等著這一場盛會的來臨，希望自己能夠在這場聚集天下群豪的盛會裡，出人頭地，揚眉吐氣。

七月將過，江南道上更是馬蹄匆忙。天目山右，臨安城裡，夜市方升，臨街的一家酒食兼茶館裡，高朋滿座，座上的卻都是鳶肩紮腰的練家子，但聞人言紛紛，談著的俱是武林問事。

高大的禿頭大漢，迎門坐在一張八仙桌上，正自端著酒杯，大聲道：「不是我殷老五在滅自己的威風，可是那天那個一身黃衫的少年朋友，手底下可真有兩下子，連管神鷹那種角色，不出三招，就認栽服輸。楊老弟，你的一手峨嵋劍法，雖然使得漂亮，但比起人家來——嘿，還差著好大一截哩。」

坐在他身側的一個瘦削漢子，深目廣顙，面上絲毫不動聲色，端起酒杯來，淺淺喝一口，微微笑著道：「殷五哥既然這麼說，想必不會差的了。但是，殷五哥，你可知道，別的地方不說，就在這臨安城裡，扎手的角色，少說也有十個，雁蕩紅巾會、太行快刀會的總瓢把子，這次竟也都親自來了。你說的這個姓岑的少年朋友，雖然手把子硬，但這次想壓倒群雄，獨佔鰲頭，只怕也不可能吧？」

禿鷹殷老五嘿嘿大笑了一聲，道：「這可也說不定。楊老弟，你是沒有趕上那場熱鬧。要是那天你也在場的話，你就會知道，我殷老五說的話不是亂打高空了。」

他這一大聲嚷嚷，茶館中的人，不禁俱都為之側目。

但禿鷹殷老五卻一點兒也不在乎，方自大口喝了口酒，突然目光一轉，看到兩人並肩走入店來，「哧」的一聲，喉中的酒，都從鼻子裡嗆了出去。

這兩人一走進這間茶鋪，座上的人，十個之中，倒有九個全站了起來，臉上堆著笑，打著招呼，都往自己的位置上讓。

那禿鷹殷老五伸出青筋暴露的巨掌，一抹臉上的涕淚，就搶先嚷道：「雲老爺子，你老人家也來了呀。」

趕緊站了起來，連連讓座。

進來的這兩個人，正是多臂神劍雲謙、仁義劍客雲中程父子。

此刻兩人目光四掃，含笑向四座打著招呼，卻在殷老五的桌上，坐了下來。

卻見在這張桌上，竟有一人，端坐未動，雲中程面色不禁微變，目光向殷老五一掃，冷冷道：「這位兄弟是誰？小弟倒面生得很。」

禿鷹殷老五一面吆喝著店小二添杯加菜，一面哈哈笑道：「雲大哥，今天讓小弟給你引見一位成名露臉的朋友。」

又道：「楊老弟，你可知道，坐在你對面的，就是名滿天下的多臂神劍雲老爺子，和仁義劍客雲大哥。」

笑著又道：「這位楊老弟，就是峨嵋派的掌門弟子，揚名蜀中的楊一劍楊振。哈哈，想不到你們二位居然沒有會過面，更想不到今天我殷老五能夠引見你們二位。」

得意之色，顯於言表。

多臂神劍微微一笑，道：「老夫早就聽得峨嵋靜波上人有個出類拔萃的弟子，今日一見，氣宇果自不凡。故人絕技得傳，真叫老夫高興得很。」

楊振手裡仍端著酒杯，微微欠了欠身子，微笑道：「老前輩過獎了。」

雲中程心中不悅地暗哼一聲，卻也沒有發作出來，回過頭去，望著門外，連寒暄都沒有寒暄半句。

雲氏父子一入臨安，不到一個時辰，臨安城裡的武林豪客，就都知道已經歸隱多年、在家納福的多臂神劍，這次竟也出山了。

於是就有人私下猜測，這次天目山之會，究竟能引出多少個武林耆宿來。有的和雲氏父子交情較深的，就紛紛趕到龍門居那間茶館去，和雲氏父子敘別，那繼承峨嵋一派未來的掌門希望最濃的川中劍客楊一劍，卻拂袖走出了龍門居。

雲中程冷冷一笑，道：「殷五爺哪裡交來這麼好的朋友！」

禿鷹殷老五雖然也是在江南地面上成名露臉的人物，但此刻卻只有陪著笑，敬著酒。在雲氏父子面前，他雖然桀驁，卻也不得不馴下來。

多臂神劍卻微皺長眉，輕叱道：「中程，你的涵養到哪裡去了？」

他人情宏達，知道這臨安一地，此刻已是藏龍臥虎，風雲際會，言語稍一不慎，便是無窮風波。哪知他雖是如此謹慎，仁義劍客的多年盛名，還是險些栽在這小小的一個臨安城裡。

仁義劍客俯首無語，雲老爺子乾咳一聲，端起酒杯，又自和慕名而來的一些武林後輩，微笑寒暄。

龍門居中，但聞笑語紛紛，哪知——

突然外面號聲大作，四面八方，忽然響起一陣奇異的號角之聲。禿鷹殷老五面色立變，倏然推杯而起，脫口說道：「紅巾號。」

雲中程也自為之皺眉道：「雁蕩紅巾會，怎會在這臨安城裡開起壇來？難道紅巾三豪，此刻全都到了臨安城嗎？」

語猶未了，這奇異的號角聲中，突然又響起了一連串慘厲的叫聲。

奇怪的是這慘叫聲竟也是從四面傳來，而且此起彼落，一聲連著一聲，由遠而近，由近又遠。龍門居中的笑語，立即全都寂然。

門外夜市本繁，走在路上的行人，此刻也大半駐足而聽——

突然，馬蹄之聲，紛遝而來。

這條繁盛至極的街上，行人本多，不禁都紛然四下走避。

一群健馬，飛也似的從街上奔馳而過，灰塵飛揚之中，依稀可以見到馬上的騎士，都紮著紅巾，但卻竟都不是筆直地坐在馬上。

仁義劍客變色而起，擠出門口一看，面色更是大變。原來此刻筆直的一條街上，竟然多了一條鮮紅的血跡，被兩旁店鋪門口排出的風燈的燈光一閃，更是令人為之悚然。

他回首沉聲道：「爹爹，您老人家在此稍微歇一歇，我出去看看。」

微撩袍角，沿著街上的血跡，大步走了過去，只見血跡越來越稀。此刻臨安城裡，人心惶惶。那種奇異的號角聲，雖已不復再響，但是慘呼之聲，仍然時有所聞。

仁義劍客雲中程心中疑雲如湧，急步走出這條直街，目光掃處，但覺自己提著袍角的手，都有些發麻了——

這十字路口，前後左右四條大街，街面上竟然滿沾著血跡。三個黑衣勁裝、頭紮紅巾的大漢，滿身浴血，正匍匐在地面上掙扎著。

兩匹有鞍無人的健馬，立在街心，昂首低嘶。

街上的行人此刻都怔在街角，面色俱都有如死灰，一眼望去，但覺淒慘之狀，不忍目睹。

仁義劍客闖蕩江湖，手上自然也難免染有血腥，但此刻他卻仍禁不住心頭犯惡，一個箭步躥到了街心，蹲下身去，扶起一個黑衣大漢，沉聲問道：「這是怎麼回事？你們怎樣受的傷？」

這黑衣大漢，面上血跡斑斑，無力地睜開眼來，呻吟著道：「好狠的心……好狠的心……我……」

話未說完，雙腿一伸，雙睛一突，竟然咽氣了，但卻仍瞪著一雙厲目，嘴角汩汩流出鮮血來。

雲中程一咬鋼牙，長身而起，探到另兩個黑衣大漢的身側，卻見這兩人竟早已咽氣了。

他長歎一聲，望著滿街的血跡，心中但覺熱血翻湧，不能自主。

雁蕩紅巾會橫行浙東，雖是多行不義，但此刻落得這種地步，卻也未免太慘了些。

人群，漸漸圍聚了過來，卻還是站得遠遠的，不敢踩著街上的血跡。雲中程立在街心，愕了半晌，耳旁突然響起一聲馬嘶。

他心中一動，一個箭步，躥到馬側，飛身上了馬，反掌一拍馬股，人群立刻又四散走避。他拽著馬韁，但憑這匹馬，任意飛奔。

馬行甚急，片刻之間，便馳過數條街道，只見街上的血跡，時濃時稀，但卻一路不曾斷過。

驀地，慘呼之聲，又復大作，但這次卻非由四面傳來，而是聚在一處。

燈光映射之下，但見街上行人，一個個都面色死白，惶惶然如大禍將臨，卻又不知道這慘呼由來的究竟。

雲中程微一勒馬，辨了辨這慘呼聲傳來的方向，又復打馬馳去。

他雖然明知前行必是絕險之地，但是他耳中聽得這種淒慘的呼聲，目中見到這些鮮紅的血跡，便再也無法控制自己的俠心，縱然前面是龍潭虎穴，他也要去闖一闖。

他所奇怪的只是，雁蕩紅巾會威霸一方，除了紅巾三傑外，會中的壇主、香主，也都俱是硬手，此刻一敗如此，那麼他們的敵手，豈非可怕得不可思議了嗎？這些人卻又是誰呢？

馬行如箭，霎眼便穿過鬧市，愈行愈見荒僻，而且漸漸已將出城了。

雲中程抓著馬韁的手，此刻竟微微有些顫抖。他闖蕩江湖半生，出入生死間，不知有多少次，但卻從未有過此時的緊張心情。

街的轉角處，突然掠出一條人影。雲中程胯下的馬，唏律一聲長嘶，昂首人立而起。雲中程雙腿加勁，夾在馬鞍上。

天上星光閃爍，雲中程伏在馬上，閃目而望，只見馬首前卓然站著一人，頭上髮髻散亂，身上衣裳凌落，倒提著一口精光耀目的長劍。星光之下，雖看不清他的面色，但一眼望去，只覺此人面色灰白，神情驚駭，像是剛剛受了一種巨大的驚恐，此刻尚未平復似的。

雲中程胯下所乘的馬，顯然經過長期的訓練，方才雖因這條突來的人影，而驚嘶一聲，但此刻卻立馬如樁，已又回復鎮靜。

雲中程端坐馬上，凝目良久，方才看出了這面帶驚惶的夜行人，竟然就是方才那狂傲驕倨的峨嵋弟子，楊一劍楊振。

兩人目光相對，楊一劍手腕一翻，伸出左手食、中、拇三指捏住劍尖，反手一插，將長劍插入背後的劍鞘裡，冷冷道：「雲大俠馳馬狂奔，是否也是為著慘呼之聲？」

雲中程心中一動，口中卻沉聲道：「正是。」

但見到這楊一劍的神情，知道他必然來自自己要去的地方，本來也想探問一下，但自己卻和此人落落難合，極不投緣，是以又將口邊將要說出的話，忍了回去。

卻見這楊一劍炯炯的目光中，突然掠過一絲難以捉摸的光彩，但瞬即恢復平常，冷冷一笑，又道：「雲大俠要去，那好極了。」

雙臂一張，身形乍展，又投入街邊的陰影中。

雲中程暗歎一聲，忖道：「此人雖然狂傲，但身手的確不弱，無怪能在蜀中享有盛名。但方才見他的神色，卻又滿露驚惶，那麼前行之處，又有什麼值得他如此驚恐的事呢？」

他心中思潮反覆，任憑胯下的馬在街心立了許久，突然鐵掌反揮，擊在馬股上。

那匹馬便又箭也似的朝前面躥去，瞬息之間，便馳出城外。雲中程右手一帶韁繩，目光四下一掃，但見東北不遠之處，火花突然沖天而起，染得周圍一片鮮血般的紅色。

他微一打馬，再往前馳，奔出一箭多地，突然勒住馬，矯健的身形，倏然從馬鞍掠起，嗖嗖幾個起落，便往起火處奔去。

火光之中，但見黑影幢幢，慘呼之聲，更是不絕於耳。

忽然三條人影自火光中沖天而起，輕功之驚人，竟是無與倫比，凌空三丈，在空中齊一轉折，便閃電般地消失了。

雲中程右手唰地一扯，將身上的長衫扯開來，抓起長衫的下擺，在腰邊打了個結，左手探手入懷，但聽「鏘啷」一聲，他掌中已多了一口長約三尺、精光奪目的利劍。

這正是昔年多臂神劍仗以揚名天下的利刃——龍紋軟劍，也是蕪湖雲門代代相傳的利器。

雲中程一劍在手，豪氣逸飛，微一塌腰，身形暴長，燕子三抄水，嗖嗖嗖，三個起落，又前擰十丈。

只見一片郊野之側，矗立著一座高大的樓閣，卻全已被火燃起。

一個滿身帶著火焰的大漢，慘叫著由烈火中躥了出來，雙手掩著面目，在地上連滾了幾滾，但卻仍未將衣裳燃起的火焰壓滅。

仁義劍客一個箭步，竄到這人身上，只見這人在地上滾動的勢子越來越弱，終於伏在地上，不能動彈了。

火勢越來越旺，火光中卻再也沒有慘呼的聲音傳出。滿天火影中，只見地上橫七豎八地倒著一些屍身，有的雖然還有呻吟之聲發出，但是就連這種呻吟聲，都已微弱得幾乎聽不甚清了。

「轟」的一聲，一根樑木落下，接著譁然一聲巨震，那棟燃燒著的樓閣，便已倒塌一半。

但是站在這一片屍身中的雲中程，卻生像是沒有聽見這聲巨震似的。他一生闖蕩江湖，但這種淒慘的景象，卻還是第一次見到。

火勢熊熊，使得周圍數十丈地方變得難以忍受的酷熱，但這仁義劍客卻只覺手足冰冷，陣陣寒意直透背脊。

他緩緩移動著腳步，走到另一個仍有呻吟之聲發出的大漢旁邊，左手倒提著劍，右手輕輕抄起這人的肩頭。

只見這條本來精悍無比的漢子，此刻身上的衣衫，都已被燒得七零八落，露出裡面焦黑的膚肉來，前胸一處傷痕，仍不住地往外流著鮮血，身子方被雲中程扶起，就又一聲慘呼，睜開那雙滿布血絲的眼睛，在雲中程身上轉了兩轉，微弱地張開口，像是想說什麼，卻又無力說出來。

雲中程目光在這人身上凝注了半晌，不禁又從心中長長歎出一口氣來。此刻自己伸手所扶持的這垂死的漢子，竟就是昔日名震江湖的紅巾三傑中的丁大爺。不久以前，自己還親眼見到此人手揚絲鞭，快馬馳騁於江南道上，而此刻……

「世事的變幻，是多麼巨大呀！」

這紅巾三傑在江湖中雖是凶橫的角色，但終究他也是人呀。雲中程見了他這等死狀，也不禁兔死狐悲，物傷其類，默然長歎了一聲，緩緩說道：「丁兄，你可還認識小弟？方才……這樁事，究竟是誰幹出來的？」

這紅巾三傑之首眼睛又轉動了兩下，微微動了動嘴巴，但誰也無法瞭解他嘴唇這幾個輕微的動作，所表示的意思。

雲中程沉聲又道：「是不是快刀會？」

丁紅巾虛弱地將頭搖動了兩下。

雲中程俯首沉思一下，又道：「是不是黑米幫？哦……難道是太湖三十六寨嗎？」

他一拍前額：「兩河那邊的天陰教，和丁兄也結有樑子吧？」

但是，他所得到的答案，只是千篇一律的搖頭。他心裡的疑惑，不禁也越來越重：「這又會是哪些人下的辣手呢？」

只見這丁紅巾眼中掠過一抹黯淡的光彩，像是悲哀自己至死還不能將自己的仇家說出來，終於兩腿微伸，亦自氣絕了。

雲中程又長聲一歎，輕輕放下屍身，卻見這也曾在江湖叱吒一時的紅巾會總瓢把子，雖已氣絕，但一雙滿布血絲的厲眼，卻仍沒有閉上，而且凝注一處，像是他臨終之際，又發現了什麼，只是他卻早已無力說出來罷了。

雲中程目中一動，擰轉身軀，目光閃電般地一轉，只見微風吹動處，一粒細小的珠粒，在地面上緩緩滾動著，在漫天火焰映照下，發出奪目的血紅色。

他立刻腳尖一頓，身形朝這粒紅珠掠去，哪知眼前突然又有人影一閃，來勢之急，竟比自己還快著半步。

這突現的人影，使得他心中一驚，真氣猛沉，硬生生將前進的勢道頓了下來。

目光動處，只見日前在蕪湖拜壽，那兩個神秘而美豔的紅裳少女，此刻竟又赫然站在自己的面前，帶著一臉溫柔而甜蜜的笑容，左側少女的一隻纖纖玉手裡，此刻蘭花似的伸出兩隻春蔥玉指，夾著那粒鮮明的紅珠。

這兩個紅裳少女秋波流轉，掩口一笑，躬下腰去，朝雲中程一福，嬌聲笑道：「我當是誰呢，原來是雲少俠，您怎麼也來了？您看，這顆小珠子多好玩，是您的嗎？送給我們姐妹兩個好不好？」

雲中程心中雖然驚疑不定，但這仁義劍客，畢竟不是等閒的角色，面色微變之後，瞬即恢復鎮靜，亦自抱拳笑了笑道：「多日未見，兩位姑娘越發嬌豔了。這種鮮血淋漓的地方，兩位怎麼也有興趣前來呢？」

這兩個紅裳少女咯咯一笑，左側那個纖手一縮，將手中的紅珠收入懷裡。雲中程雙眉暗皺，卻見她已嬌笑道：「雲少俠，您不說這珠子是不是您的，我們可就要收下了。」

右側那少女伸出一根手指，在自己嫣紅的面頰上劃了劃，笑道：「雲少俠，您看這個丫頭臉皮厚不厚，隨便在地上撿起一樣東西，居然就算是自己的了。」

左側的少女一撇嘴，道：「你呢？你剛才不是也和我在搶，現在沒有搶到，就眼紅了是不是？雲少俠，我告訴你，普天之下，就數她的臉皮最厚了。」

雲中程乾咳了一聲，緩緩道：「這粒珠子，雖非在下所有之物，但卻——」

他心中忽然一動，將自己已經說到口邊的話，咽了回去，改口道：「是自然應該歸兩位所有了。」

左側那少女秋波流動，嬌笑道：「謝謝您啦——」

語猶未了，突然面色大變，目光直勾勾瞪在一處。

另一個少女眼睛隨著她一轉，嫣紅的面頰，又立刻泛出一陣驚恐之色。

仁義劍客擰腰轉身，目光一瞥，卻也不禁大吃一驚，幾乎不敢相信自己的眼睛。

只見那棟仍在燃燒著樓閣的熊熊火焰之中，此刻竟緩緩走出一個人來，長身玉立，目如朗星，身上穿著的一件隱帶光澤的玄色長衫和那頂玄角方巾，竟連半點火星子都沒有。

只見他緩緩走出火窟，極為瀟灑從容地舉步而來，炯然生光的一雙俊目，在那兩個紅裳少女身上一轉，隨即盯到雲中程手中所持的那口遠較尋常寶劍為短的龍紋軟劍上。

兩個紅裳少女對望了一眼，面上便又回復她們僅有的那種溫柔甜笑，朝雲中程笑道：「雲少俠，我們走了，過兩天我們再下山來拜謁雲老爺子，請您回去代我們向他老人家問好。」

四道秋波，電也似的向那玄衫少年身上一掃，臉上又一掃，柳腰輕擺，一齊如飛掠去。

那玄衫少年微微一笑，目光中微微有些讚賞的意味，像是在讚賞這兩個紅裳少女的輕功之高，又像是在讚賞著她們的聰明。

然後，他轉回身，朝雲中程當頭一揖，朗聲笑著說道：「小可冒昧，閣下想必就是仁義劍客雲中程雲大俠吧？」

雲中程微微一愣。方才他眼看這少年安步自火中行出，此刻又見此人一見自己之面，就能直呼出自己的名字來，心中不禁既驚且怪，呆呆地愣了半晌，竟沒有說出話來。

這玄衫少年微微一笑，又道：「小弟初入江湖，對武林俠蹤，雖然生疏得很，但雲大俠手中的這柄比尋常劍短了六寸，卻比尋常劍鋒利百倍的龍紋軟劍，小弟卻早就從先父和家師口中聽到過，是以小弟一見此劍，便猜出閣下定必就是仁義劍客了。」

雲中程心中暗忖：「原來他是認得這口劍。」

目光上上下下在這位玄衫少年身上一轉，只見他瀟灑挺立，有如臨風玉樹，言笑謙謙，卻帶著三分儒雅之氣，不禁大起好感，又自忖道：「這少年的武功，雖然還不知深淺，可就從他方才從火中安步而走的神態看來，這少年顯然懷有一身絕技，卻偏偏又沒有半點狂態。唉，近年江湖中，後起高手，固是極多，可是這少年氣度之高，卻不是任何人能及的。」

這念頭在他心中一轉，目光抬處，只見這位玄衫少年仍含笑望著自己，忙也笑道：「小可正是雲中程，不知兄台高姓，令師是哪一位？」

左手微抬，右手的食、中二指，夾著劍尖一彎，將掌中劍圍在腰裡。

那少年突然長歎一聲，緩緩道：「雲大哥，你難道不記得，十餘年前，那纏在你身邊求你傳授兩招雲門劍法的長卿了嗎？」

雲中程心頭噗地一跳，退了兩步，突又一掠而前，緊緊握住這少年的雙手，連聲道：「原來你就是長卿弟！十年不見，可想死哥哥我了。長卿弟，你怎麼也來到這裡了？這十年來，你都到哪裡去了？老伯他可好嗎？唉——歲月如梭，長卿弟，你已出落得一表人才，又有一身絕技，可是——哥哥我卻已老了。」

他語聲急切，顯見得心中極為興奮，因為他此刻已知道站在他面前，這氣度謙謙的玄衫少年，就是自己父親生平最最欽佩的人物——中原大俠卓浩然的愛子卓長卿。

他大喜之下，心情無比激動，目光喜悅地凝注在卓長卿臉上，哪知卻看到他面上此刻竟流露出一種極為悲哀愴痛的神色來，而被自己握在手中的一雙手，此刻卻在微微顫抖著。

一陣不祥的感覺，使得雲中程的心又猛烈地跳動了一下，急切地又問道：「長卿弟，你怎麼了，難道……難道老伯……」

卓長卿一雙俊目之中，淚珠盈盈，微微點了點頭，晶瑩的淚珠，終於沾著他俊逸的面頰，滑落下來。

雲中程大喝一聲：「真的？」

卓長卿任憑冰清的淚珠，在自己面頰上滑動著。十年前黃山始信峰下，那一段慘絕人寰的往事，又復像怒潮一樣地在他心裡澎湃了起來，於是，他的眼淚流得更快了。

這十年來，無比艱苦的鍛煉，使得他由「常人」而變為「非常人」。他自信自己的情感，已經足夠堅強得能夠忍受任何打擊，但此刻，他面對著故人，心懷著往事，一種深邃而強烈的仇恨和哀痛，便使得他自己已無法控制自己了。

他無聲地流著淚，斷續地說道：「大哥，我爹爹和……我媽媽，在十年以前，就……在黃山……始信峰下，遭……遭了別人……的毒手了。」

這雖是寥寥數十個字，可是他卻像是花盡了氣力，才將它說出來。而聽了這數十字的雲中程呢，他更像是被一個巨人的霹靂，當頭轟了一下，使得他的神智，在這一瞬間，竟全都凝結住了。

他仍然不相信這是事實，但殘酷的是，他卻無法不相信。

兩人無言相對，良久良久，卓長卿只覺得一種無比溫暖的感情，從站在自己對面這磊落的男子握在自己手上的一雙鐵掌中傳了過來，而這種情感，是世間所有的言語都無法表達的。

終於，卓長卿忍住了眼淚，輕輕說道：「大哥，你帶我去見見老伯吧。」

雲中程緩緩轉回身，往來路行去。在這一刻間，他竟似已將方才所發生的一切事，都忘去了，因為他的整個情感，都已為悲哀和驚痛充滿，再也沒有空隙來容納別的了。滿天的火光，將他們並肩而去的身影，拖得老長——

兩人默默前行，各自都覺得對方被自己握著的手是冰涼的，冰涼得就像是寒冰一樣。

雲中程突然停下腳步，道：「長卿弟，等一會。你見了爹爹，千萬不要將老伯的噩耗對他老人家說出來。他老人家……年齡大了，恐怕……恐怕受不了……」

卓長卿瞭解地一點頭。他昔年年紀雖幼，卻也知道多臂神劍對自己父親的情感，這種情感雖是大部分武林人士對自己的父親都抱有的，但都遠遠不及多臂神劍來得強烈而深厚。

從那天在黃山始信峰下，一直到現在，他對他爹爹的死，除了無比的悲痛之外，還有著一分隱含在悲痛裡的驕傲。

因為他知道，自己的父親，是值得自己驕傲的，而他也無時無刻不在告訴自己，任何一個父親傳給兒女的東西，都遠遠不及自己的爹爹留給自己的珍貴，因為，他已從父親手中獲得了光榮。

「只是這份光榮的代價，為什麼要如此巨大呢？又為什麼如此殘酷呢？」

他暗問自己，暗恨著蒼天。蒼天對於世人，不就有些不公平嗎？

兩人越走越快，到後來便各自展動身形，施出輕功來。雲中程心中暗道：「不知我這長卿弟輕功怎樣？」

腳下加勁，颼然三個起落，掠出八丈遠近，正是武林罕睹的輕功絕技蜻蜓三抄水。

但側目一望，卓長卿卻不即不離地跟在他身後半肩之處，漫無聲息地移動著身形。雲中程心中暗歎一聲，和他並肩入了臨安城。

繁華的夜市，已全然冷落了下來，街旁的店家，都早就關上店門，以求避禍。穿著皂衣、戴著纓帽的官差仵作，焦急而慌亂地在街道上沖洗著血跡，檢驗著屍身。他們終日憂鬱著的事，現在終於讓他們遇上了，甚至還遠較他們憂心著的嚴重。

雲中程和卓長卿，自然早已放緩了腳步，但仍不時有官差銳利的目光，懷疑地望在他們身上。雲中程輕咳一聲，拉著卓長卿走到街邊的屋簷下，像一個慌亂的路人似的，急急行走著。

他雖不熟悉臨安城裡的道路，但憑著由無數磨煉和經驗得來的觀察和辨別的能力，使得他很快地就找到了那間叫「龍門居」的酒食茶鋪。只見門外高高挑起的兩個大油紙燈籠，雖仍發著亮，這間鋪子的大門，卻也關上了。

雲中程目光一轉，看到大門的空隙中，仍有燈光露出，也隱隱可以聽到輕微的人語聲，從緊閉的大門中傳出來。

他又一拉卓長卿，穿過那條血跡已被沖洗乾淨，此刻仍是潮濕的街道，伸手輕輕一拍店門，裡面隨即傳出一個蒼老的聲音：「是中程嗎？」

話聲方落，門已開了一線。明亮的燈光，照到他的臉上，使得他幾乎看不清開門的是誰，但是抓在他臂上的手，卻是他所熟悉的。他從這雙手上，就可以體會出一個慈父關懷愛子的心情。

龍門居裡輕微的人語聲，隨著他們進來而變得嘈雜。

多臂神劍的一雙手，仍然抓在他愛子的臂上，連連問道：「中程，你可看到什麼嗎？怎麼去了這麼久？」

一瞬間，雲中程彷彿又回到那充滿金黃色的夢時童年。這種慈父的關切，他已久久沒有享受到了，而此刻他知道了原因，那並非父親已不再對他關切，只是沒有值得關切的原因——兒子在父親眼中，永遠是沒有長成的，縱然他已是能夠統率群豪的武林健者。

卓長卿微微垂下頭，俊逸的面龐上，露出黯然之色。有什麼其他的事能比這種父子的親情，更易令一個無父的孩子感動的呢？

但是他卻不知道，此刻店中群豪的眼睛，已大多都凝視在他身上。一個卓爾不群的人，無論走到哪裡，都是會引起別人注意的。

雲中程而上，勉強地綻開了一絲笑容，指著卓長卿道：「爹爹，你老人家猜猜看，這位少年英雄是誰？」

多臂神劍目光一轉，但見站在自己愛子身側的，是一個長身玉立的少年，身上穿著一襲似絲非帛，似絹非絹，說不出是什麼質料製成的玄色長衫，目如朗星，鼻似懸膽，這面貌似乎是自己熟悉的，尤其是那滿含堅毅和倔強的嘴，更使他和自己終日惦記的一人相似，但是……

這老人的一雙眼睛，眨也不眨地凝注在這張臉上，終於，他捕捉到了自己的記憶，一個虎步躥過去，狂喜著道：「長卿，你是不是長卿？」

此刻，從這老人身上傳出的情感，卓長卿也感覺到了。這種幾乎近於父子之情的情感，使得這自以為情感已足夠堅強的少年，眼眶再一次濕潤起來——沒有一個情感豐富的人，能長期控制自己的情感的，縱然他已經過磨煉。

「噗」的一聲，這少年跪了下去，勉強忍住了自己喉頭的哽咽，道：「老伯，小侄正是長卿，十年來……老伯精神越發矍鑠。」

雲謙一把拉起他，連聲道：「快起來，快起來——」

這老人的聲音，已因情感的激動，而變得有些顫抖了。他緊緊抓住這少年的臂膀，像抓著自己的愛子一樣，目光上下打量著，又含笑道：「想不到，想不到，你也長得這麼高大了。你爹爹呢？怎麼也不來看看我這老頭子，難道他已把我給忘了嗎？」

卓長卿強忍著淚，目光一轉，見到雲中程，正焦切地望著自己。於是他哽咽著道：「家父他老人家……這些年……都沒有出來，特地叫小侄問候您老人家好。」

讓一個誠實的人說謊，本就是件非常痛苦的事，而此刻的卓長卿，自然痛苦得更為厲害，但是，他終於還是說了出來。

多臂神劍大喝一聲，厲聲道：「好，好，這麼多年都沒有出來，老朋友是什麼東西，只要他卓大爺住得舒服就成了——」

他突又長歎一聲，眼中威光盡斂，慈祥地落到卓長卿身上，長歎又道：「孩子，不要吃驚，我……我只是想你爹爹，想得太厲害了。」

友情，這一瞬間，卓長卿突然瞭解到友情的價值，也瞭解到雲中程為什麼不讓自己將那噩耗告訴這老人的原因。

他暗中長歎，心頭湧過了千萬句想說的話，卻只說了句：「老伯，你老人家是家父的知己，唉——家父實是有難言的苦衷，你老人家不會見怪吧？」

多臂神劍一手抓著他的左臂，又自長歎了一聲，將他拖到自己坐的桌旁坐下，一面道：「長卿，我和你爹爹數十年過命的交情，還有什麼見怪不見怪的？」

他話聲一頓，濃眉微軒，目光中突然露出喜色，接著道：「來，告訴我，你是怎麼也來到這裡的，又是怎麼遇著中程的？這些年來，想必你已從你爹爹那裡學得了一身功夫，此刻倒是你一展身手的機會了。」

卓長卿目光一轉，卻見雲中程已被人拉到一邊，七嘴八舌地問著他方才的經歷，但見雲中程每說一句話，四座就傳出一陣驚嘪之聲，而且面上個個帶著驚恐之色。

這間喧亂的茶館，此刻雖仍高朋滿座，燭火通明，但不知怎的，卻有著一股令人不禁為之悸悚的淒清之意，和另外的一切都絕不相稱。

睜得滾圓眼睛的店夥，怔怔地望著正在說話的雲中程，為卓長卿端來一杯茶，「砰」的一聲，放在桌上，顯見這與武林絲毫無關的市井之人，此刻亦被雲中程的說話所吸引，全神都放在那面去了。

但多臂神劍雲謙的一雙虎目，卻始終凝注在卓長卿身上。

卓長卿緩緩為自己斟了杯茶，淡淡啜了一口。

自從那天黃山始信峰下，他親手埋葬了他的雙親之後，他的心情，就從未有如此刻這麼激動過。甚至當他知道將他帶到橫嶺關側中條山右的王屋山上，那威猛高大的老人，竟是百年來名傳天下的武林奇人之一，被天下武林同道賀號天仙的司空堯日之時，他的心情，也僅是高興和感激而已。

但此刻，他面對著這亡父的知交，面對著這和他以往的時日唯一有著關聯的老人，他的心情除了興奮和感激之外，卻還混雜著許多別的情感，就連他自己也無法將這些情感一一分析。

他的思潮，又不自禁地回到很久以前——

那時他還是個天真而不解事的孩子，那時他曾有過一段歡樂的時光，但是，這一切，此刻卻都已隨著他雙親的屍骨，埋葬在始信峰下了。

此後，在王屋山嶺，那十年的歲月，這本應享受青春的少年，卻幾乎和那「歡樂」二字，完全絕了緣。

他不停地鞭策著自己，沒有一時一刻的鬆懈。

十年的歲月，就在這似乎永無休止的鍛煉中，很快地過去了。

十年空山的歲月，雖然使得他表面變得異常冷漠，像是已將任何事都不再放在心上，但是他內心的思潮，卻隨著年齡之增長，而日益紊亂。

但是，真正到了下山的時候，他卻又對那王屋山巔的一切，留戀不已。

青石的床几、青石的桌椅、青石的牆壁——

那些在他眼中，原本是單調而呆板的東西，在他將要離去的日子裡，卻都成了他最值得留戀的東西了。

而司空老人嚴峻的面容，也變得那麼親切，只是，他也知道，自己還有著太多的沒有做而應該做的事，於是在一日殘冬既去，春日卻還未來臨的清晨，他踏著滿徑的寒霜，下了王屋山。

像任何一個初入江湖的少年一樣，面對著囂擾的紅塵，他有著一份不知所從的感覺。當然，他也像任何一個心切親仇的少年一樣，心中銘記最深的，就是自己不共戴天的仇人。

多臂神劍雲謙只見坐在他對面的少年，手裡端著茶杯，久久都未放下，面上的神色亦自倏忽不定，不知心裡正想著些什麼，不禁乾咳一聲，悅聲道：「長卿，你心中若有憂鬱之事，不妨說給我聽聽。此刻你既然已離開了你的爹爹，不妨——就將我看作你的爹爹一樣……」

卓長卿茫然抬起頭來，只見雲謙眼中滿是關切之情，心中一陣情感激動，淚珠突然奪眶而出……

多臂神劍濃眉一皺，急聲道：「長卿，你這是怎麼了？有什麼事只管說出來，老夫拚卻性命，也得為你做主。」

卓長卿只覺眼前一片模糊，恨不得將心中所有的事，都在這位慈祥的老人面前傾訴出來，伸手一抹面頰的淚眼，不禁脫口說道：「老伯，小侄……」

目光一轉，只見雲中程正凝目望著自己，心中長歎一聲，改口道：「小侄離開了爹爹以後——」

但說到這裡，卻再也說不下去，心胸之間，生像是被塞著一塊千斤巨石，壓得自己透不過氣來。

雲謙目光凜然，眨也不眨地凝注在他面上，追問道：「長卿，究竟是怎麼回事——」

語聲未了，卻見雲中程已大步走了過來，一面含笑說道：「長卿弟想必是離家日久，心裡有了些難受。不過，長卿弟，此刻你既然已來到這裡，我卻要多留你一些日子了。」

他話聲微頓，目光一轉，向卓長卿使了個眼色，接著又道：「此刻這臨安城裡，不但風雲際會，群豪畢至，而且怪異之事，層出不窮，賢弟若沒有來，我還真不知道如何是好哩。」

他語聲方住，卻又緊接著將自己所遇說了出來，又自歎道：「雁蕩紅巾會，崛起江湖的時日雖短，但會中人手卻極整齊，勢力並非等閒，哪知今日卻在這臨安城裡一敗塗地。此事不僅奇怪，而且簡直有些不可思議。試想能將這紅巾會一舉而滅的人，又該是如何人物呢？」

他滔滔一席話，果然將方才之事輕輕帶過。多臂神劍皺眉歎道：「自從那天老夫眼見萬妙真君和紅衣娘娘的傳人一齊出現，老夫就知道，芸芸武林，必定又將多事。長卿——」

他目光一轉，卻見那卓長卿面上顯出一片憤恨之色，雙手緊緊握著拳頭，目光中亦滿是肅殺之意。

多臂神劍心中又是一動，暗自奇怪這少年怎會如此。他卻不知道心切親仇的卓長卿，就是因為聽得江湖傳言，天目山上設下如此戰會，而此會主人，卻是那醜人溫如玉的弟子，才專程趕到臨安的。

第五章　快刀如林

卓長卿在黃山始信峰下，眼看自己雙親被那醜人溫如玉擊斃，藝成下山後，自然第一個要找的，就是這名滿天下的女魔頭。

只是這紅衣仙子，近年來卻突然銷聲匿跡，江湖中根本沒有人知道她的行蹤。

卓長卿孑然一身，隨意漂泊，到了江南，知道了此事，自然就毫不猶疑地趕來。方自到了臨安，亦是為那滿城異聲所驚，追去查尋，卻不想遇著了仁義劍客雲中程。

雲中程關懷老父，生怕卓長卿若是說出中原大俠的噩耗來，自己的父親會經不起這種巨大的悲痛，此刻見了卓長卿的神色，連忙道：「長卿弟，你比愚兄先到那裡，你可曾發現，究竟是誰將那紅巾會殘殺至此的呢？」

卓長卿勉強按捺住心中的悲憤之氣，緩緩說道：「小弟本已就寢，聽到慘呼之聲，才追蹤到那裡，只看見一個勁裝少年，手持長劍，從那棟火宅中躥出來，小弟便去查問究竟，哪知那少年不分皂白，就和小弟動上了手——」

雲中程「哦」了一聲，接口道：「此人想必就是那蜀中楊一劍了。我也曾看見他一副狼狽之態，想必是被賢弟教訓了一頓。」

卓長卿搖首道：「這倒不是。此人從火宅中躥出時，形態就已狼狽不堪。小弟雖覺此人大有可疑，但見他出手，卻是正宗的峨嵋劍法，身手亦自不弱，是以也沒有怎麼難為他——他匆匆發了幾招，也就走了。」

多臂神劍暗中一歎，知道那楊一劍定必敗在這卓長卿的手下，只是卓長卿口下留德，沒有說出來而已，心中暗自讚歎之餘，不禁對這故人之子，又加了幾許好感。

桌上紅燭將盡，壁間燈油亦將枯，雖無更鼓之聲，此刻夜定必已很深了。

幾個彪形大漢長身站了起來，向多臂神劍雲氏父子當頭一揖，開了大門，方走到門外，卻又一齊退了進來，面上都已變了顏色。

雲中程心中一動，搶步走到門口，探首外望，只見外面筆直的一條街上，不知何時，竟然站滿了勁裝包巾的大漢，手中個個橫持長刀，被月光一映，更覺刀光森然，寒氣侵人。

這些勁裝大漢並肩而立，為數竟在百人以上，分別站成兩排，一排面向街左，一排面向街右。這麼多人站在一起，竟連半絲聲音都沒有發出來。

雲中程劍眉微皺，回首沉聲道：「太行快刀會，一向從不牽動官府，此刻怎麼在這鬧市街上，就擺出這等陣仗來……」

他語聲一頓，目光又向外望，只見滿街大漢一個個目光炯然，四下搜索著，身軀卻有如泥塑木雕，絲毫沒有動彈一下。

方才在街上來回查看的官差，此刻早就不知道跑到哪裡去了，但聽得沉重的呼吸之聲，此起彼落，顯然這些快刀幫眾，人人心中都自具有十分的戒備，只是不知道他們戒備的是什麼而已。

仁義劍客心中疑竇叢生。他和這快刀會雖然素無交往，但近年來，他已隱然成為江南俠林中的領袖人物，對這些事，自然不能視若無睹。心中思忖了半晌，又自回首道：「爹爹，我再出去看看，您老人家——還是回店去休息吧！」

多臂神劍一捋長鬚，霍然站了起來，微哼了一聲，道：「你爹爹雖然老了，可是還沒有到休息的時候。」

大步走出門外，目光四掃。這多臂神劍正是薑桂之性，老而彌辣，雖然久已不在江湖走動，但此夜卻又犯了昔日的豪氣，竟不理會他愛子的好意，筆直向街頭走去。

雲中程輕歎了一聲，和卓長卿互視一眼，快步跟了過去，只見滿街的勁裝大漢，目光齊都轉到自己三人身上，卻仍然俱都肅立不動，也沒有一個人走出來向自己問話。

多臂神劍腰杆挺得筆直，大步走在前面，晚風吹得他頷下銀鬚絲絲飄舞。

天上月明星稀，地上刀光如雪，這年已古稀的武林健者，只覺豪氣頓生，彷彿又回到少年時躍馬橫刀、笑傲江湖的光景，回頭朗聲一笑，道：「中程，你要是累了，就快回店去休息吧，叫長卿陪著我也是一樣。」

又自一笑：「我老了，活的日子也不長了，總捨不得將大好光陰浪費在睡覺上。你們年輕人，倒是要多睡一會兒。」

雲中程無可奈何地苦笑一下，一言不發地跟在他爹爹身後。

卓長卿眼看這父子倆的相互關懷之情，心中感慨叢生，不知是什麼滋味。俯首而望，地上人影如林，自己和雲中程的身影，卻長長地映在街側的門板上。原來此刻月已西沉，夜色將盡，又是快要破曉的時候了。

這三人走得俱都極快，晃眼已走到街的轉角處，一齊佇足而望，卻見左右兩條街上，竟連半個人影都沒有，青石板鋪成的街面上，血跡已除，水痕亦乾，兩旁的店鋪，門板緊閂，靜得似乎連自己心跳的聲音都聽得出來。

雲謙濃眉一皺，手捋長鬚，回首向街的另一頭走去。

方自走到一半，那邊卻已迎了幾個人來，手中亦自各持兵刃，遠遠就呼喝道：「朋友是哪條線上的，亮個萬兒出來，免得兄弟們照了不亮，傷了和氣。」

雲中程身形一動，一個箭步，躥到他爹爹前面，雙手一張，朗聲道：「在下雲中程，和你們丁當家的是朋友——」

話猶未了，那邊飛步而來的一個頎長漢子，已自朗聲道：「太行山裡三把刀——」

滿街的勁裝大漢，轟然一聲，齊口道：「神鬼見了都彎腰。」

雲中程哈哈一笑，接口道：「快刀神刀夾飛刀。」

那頎長漢子一個箭步躥上來，大聲笑道：「果然是雲大俠。」

目光一轉，又道：「這位想必是雲老爺子。」

躬身一揖：「小可龔奇，不想今日能見賢父子，實乃敝會之幸。」

雲中程亦自躬身答禮，含笑道：「原來兄台就是龔三爺，小可久聞大名，今日方得識荊，實在高興得很。」

多臂神劍亦捋鬚笑道：「老夫常聽武林中人傳告，太行快刀會裡有位神刀奢遮的漢子，今日一見，果是名下無虛。」

卓長卿遠遠站在一邊，此刻暗忖：「雲氏父子之武功如何，姑且不說，就憑人家這種處世對人的熱忱和謙虛，就不是普通武林中人能望其項背。蕪湖雲門，名聞天下，實非僥倖哩。」

讚歎之餘，卻見那神刀龔奇含笑又道：「雲老爺子這麼說，實在叫小可汗顏得很。」

雲中程目光一轉，沉聲道：「丁七爺可在此地？兄台如果不嫌小可冒昧，小可倒想請教，貴會在這臨安城裡，莫非又結上什麼樑子——」

多臂神劍雲謙接口大聲說道：「如果有什麼地方需要老夫父子倆稍盡綿薄的，龔三爺只管說出來好了。」

神刀龔奇歎一聲，面上笑容盡斂，沉聲道：「不瞞雲老爺子說，敝會今夜，實已大難臨頭，說不定這份慘澹經營的基業，今夜亦要和雁蕩紅巾會一樣，葬送在這臨安城裡。」

他目光凜然四掃，又道：「雲老爺子如能仗義援手，則非但是小可之幸，亦是快刀會上下千百弟兄之幸，只是——此地恐非談話之處，不知你老人家可否隨小可前行幾步，敝會的丁七哥也在那裡，他亦是久仰你老人家的英名，總恨無緣拜見。看到雲老爺子去了，不知要如何高興哩。」

這神刀龔奇，身材頎長，面目堅毅，頷下已有微髭，一眼望去，英挺得很。此刻他雖是神情不安，但說起話來，卻仍然是極為得體，顯見得是個精幹角色。

多臂神劍一捋長鬚，大步走在前面，說道：「龔三爺，快帶老夫去見丁總瓢把子。我倒要鬥鬥看，那是什麼厲害角色，竟敢將天下武林同道都不看在眼裡。」

神刀龔奇面上又復泛開了笑容，和雲謙並肩而行，走到一家門板像是已被煙火熏得黯黑了的店鋪前面，伸手輕輕敲了兩下。裡面傳出一個沉重的聲音，問道：「是誰？」

龔奇乾咳一聲，道：「三把刀。」

大門隨即開了一線，多臂神劍當先走了進去，神刀龔奇微一駐足，向後面和雲中程同來的卓長卿上下打量了兩下，含笑道：「這位兄台面生得很，雲大哥可否為小可引見引見？」

雲中程笑道：「龔三爺，你可曾聽到昔年有位名震──」

卓長卿突然輕咳一聲，雲中程目光一轉，哈哈一笑，立刻改口道：「這位卓長卿卓老弟，是在下的至親，你們二位以後倒要多親近親近。」

神刀龔奇久闖江湖，是何等精幹的角色，此刻目光一轉，已知道這英俊的少年必定大有來頭，當頭一揖，含笑揖客。

卓長卿目光一轉，只見這間鋪子裡，燈光瑩瑩，擁擠不堪，一進門就有種混合著煙熏的灼熱之氣，直沖鼻端，再一打量，才知道此地竟是間鐵器店。

多臂神劍一手捋著長鬚，卓立在一個高大的鐵砧旁邊。一個掀著衣襟的魁偉大漢，正在為他引見四下的武林朋友，那些名字卓長卿雖不熟悉，但想必是武林中成名立萬的角色。

一陣必有的寒暄過後，話才開始轉入正題。那披襟的大漢，正是統領太行快刀會的領袖人物，快刀丁七。

此刻，他濃眉深皺，目光深沉，卓立在群豪之間，沉聲而道：「快刀會創業至今，雖然說開了只是一些窮朋友湊在一塊兒混飯吃的，但兄弟自問，卻沒有做出什麼見不得人的事來。這次天目山的盛會，兄弟們也只是想來湊湊熱鬧，並沒有什麼人財兩得的野心，哪知——」

這快刀丁七，身材魁偉，聲若洪鐘，一口氣說到這裡，突然仰天長長歎了口氣，心胸之間，彷彿積鬱頗重。

卓長卿冷眼而觀，心裡不禁奇怪：「從這快刀丁七神情看來，顯然此人性情爽直，是個標準的草澤英雄，此刻又有什麼會令得他如此長吁短歎呢？」

卻聽他接著說道：「前天晚上，我和檀老二睡在一起，半夜裡懵懵懵懂懂的，只覺有個人在動我的頭髮。當時我心裡一驚，大叫一聲，睜開眼來，只見窗子是開著的，月光從窗外照進來，卻有一條人影，像電也似的從窗子裡掠了出去。我丁七不是長人家的志氣滅自己的威風，可是我長得這麼大了，闖蕩江湖，也有半生，卻從來沒有見過這等身手，有如此之快的。」

他又自長歎一聲，又道：「當時我心裡真是驚恐交集，赤著腳就想從床上跳下來，哪知頭頂突然一痛，像是被什麼人將頭髮拉住了。」

他眼中閃過一絲驚恐的神色，像是當時的情景猶在眼前，微歎又道：「我大驚之下，一個虎撲朝床頭撲了過去，才發現哪裡有什麼人拉住我的頭髮，只是那人已神不知、鬼不覺地將我的頭髮，和檀老二的結在一起了。」

他下意識地伸手摸了摸頭，臉上滿是沮喪的神色，又道：「那時我和檀老二的心裡，真不知是什麼滋味。試想我們在江湖上也算有著點萬兒了，此刻被人家在自己頭上做了如此的手腳，我們卻連人家的影子都沒有碰到，人家真要是把我的腦袋割下來，我們還不是照樣不知道？本來，我還在奇怪，這人會是誰呢？恁地捉弄我！我弟兄們在武林中雖也結下過不少樑子，可絕不會有如此武功的人呀！心裡既驚又怪，可是等到我和檀老二去解頭髮的時候，我才知道原來是這麼回事。」

他一面說著，一面從懷中取出一張淺黃的紙柬來，雙手交與雲謙，只見上面寫道：「兩日之內，速離臨安，不遵我命，雞犬難安。」

多臂神劍濃眉一皺，卻見那快刀丁七又自說道：「這張字柬，就是結在我和檀老二頭髮中間的。下面既沒有署名，也沒有畫上花押。我們想來想去，也不知道這字柬究竟是誰寫的。」

多臂神劍手捋長鬚，厲聲道：「這算是什麼東西！臨安城是人皆可來得，這廝又憑著什麼，能教你們走。」

他冷哼一聲，左掌握拳，「砰」的一聲在身旁的鐵砧上猛擊一下，又道：「我老頭子倒要看看他有多大的道行，能在這裡恁地賣狂。」

雲中程側眼望去，只見他爹爹目中威光盡露，兩道已近乎全白的濃眉，也自斜斜揚起，心中暗歎一聲，知道他爹爹已動了真怒。

快刀丁七長歎一聲，道：「原先我也是如此想法，就憑我們『快刀會』裡的千百個弟兄，難道還會怕了誰？是以我們弟兄一商議，都決定不理會這紙條所示，靜觀待變。哪知，到了昨天晚上，卻出件怪事。」

他眼前又復閃過方才那種驚恐的神情——伸手一摸頭頂，接著說道：「昨天晚上我們三兄弟可都沒有睡，喝了點酒，守在房裡，聽著外面的更鼓，一更、二更地敲了過去。三更以後，我們兄弟都想，今天晚上大概不會出什麼事了。檀老二笑著站了起來，走到外面去解手。

「哪知他這一去，竟去了半個時辰。我和龔老三本來還在笑他，到後來小可也知道事情有些不對了，跑出去一看，只見檀老二倒在天井裡，身上一點傷痕都沒有，就這麼不明不白地死了，死前連叫都沒有叫出聲來。月光照在他臉上，他眼睛睜得大大的，好像還在望著我們，叫我們替他報仇。」

雲中程一緊手掌，只覺掌心濕濕的，不知何時，已沁出了一手冷汗。側目望去，雲謙手捋長鬚，濃眉緊皺。滿屋群豪，一個個都伸出手掌，不住地拭抹著額上的汗珠。那神刀龔奇瞪著一雙大眼睛，眼內滿布血絲。只有站在一旁的卓長卿，神色彷彿沒有一絲變化，只是凝神而聽，有時用他那細長的手指輕敲自己的手背，不知在想著什麼。

夜色更深，距離破曉也更近了。快刀丁七長歎又道：「我和龔老三當時都愕在院子裡，只覺得一陣陣的寒意，從背脊直往上冒。抱起檀老二的屍身，走回房裡，卻見屋裡那張八仙桌上，又多了一張淡黃的字柬，上面清清楚楚地寫著十六個字：『明夜以前，速離臨安，不離臨安，無疾歸天。』」

一陣風從門隙中吹進來，吹得懸在屋頂的油燈，來回晃了兩晃。快刀丁七掩上敞開的衣襟，接著又道：「我丁老七闖蕩江湖二十多年，白刀子進，紅刀子出，有人在我身上扎個三刀，我丁老七也不會皺一皺眉頭。可是現在不瞞各位說，我可真有點膽寒，恨不得馬上離開臨安。再好的熱鬧，我也不想看了。」

他長長透了口氣，將衣襟上的扣子，一顆顆扣好，一面又道：「第二天天一亮，我就告訴弟兄們，乘早收拾好行李，回到太行山去。我甚至想從此洗手不幹了。瓦罐不離井邊破，幹我們這一行的，有幾個能有好收場？何況我們太行三把刀從此只剩兩把，別說報仇，連仇人是誰我們都不知道，還有什麼臉再在江湖上跟人家爭強鬥勝——」

多臂神劍乾咳一聲，接口道：「明槍易躲，暗箭難防，這廝如此行為，也算不得什麼好漢。」

快刀丁七長歎道：「雲老爺子，話雖是這麼說，可是——唉，檀老二在我們弟兄三個裡面，手把了可是最硬的一個，能夠無聲無息地就把他制死的人，這份身手，叫人家想起來，可真有點膽寒。當時我是心灰得很，眼看著弟兄們一個個收拾好行李，哪知門外突然走進兩個穿著鮮紅衣裳的小姑娘，滿臉都是笑容，一走進來，就朝我一彎腰，問我為什麼不上天目山就要走了。你想想，我堂堂一個男子漢，又怎能在個三把梳頭、兩截穿衣的小姑娘面前，說出丟人的話來？就含含糊糊敷衍了她兩句。哪知這兩個小姑娘卻對我說，我們千萬不能走，不上天目山就走，就算是看不起她們的主人。」

雲謙父子對望一眼，知道這快刀丁七口中的兩個紅裳少女，必定就是壽誕之日來祝壽的兩個少女了。

雲中程想到自己方才在火宅邊看見這兩個少女的情形，心中突然一動，卻聽那丁七已接著道：「我心裡正有氣，哪裡有空和這兩個小姑娘囉唆，就沉著臉道：『非走不可。』這兩個小姑娘卻嬌滴滴地一笑，婀婀娜娜地走了過來，突然一伸手，不知怎麼，我就被她們弄了個大筋斗。」

卓長卿暗中一笑，忖道：「這快刀丁七果然是條性情爽直的漢子，把自己丟人的事，都毫不保留地說出去，就憑這份勇氣，就無怪他能統率群雄，創立出快刀會來。」

一念至此，不禁對他多看了兩眼，只見他攤開一雙鐵掌，一面比著手式，一面又道：「我那時既驚又怒，翻起身來，卻見龔老三已和她們動上了手，也是不出三個照面，就被她們其中一人打了個筋斗。」

「當時我們都在萬安老客西跨院的一間客廳裡，客廳裡一共有十多個快刀會的弟兄，而且都是好手，可是我們這十多個男子漢，卻被那兩個看上去弱不禁風的小姑娘打了個不亦樂乎，到後來，我們竟都被她們點了穴道，躺在地上，連動都動不了一下。唉，當時我真恨不得死了算了。我丁老七出入刀山劍海也不知多少次了，可還沒有栽過這種筋斗。」

他雙掌「啪」地互擊一下，又道：「只聽這兩個小姑娘，笑嘻嘻對我們說道：『來到臨安的人，要是不上天目山去見見我們的主人，誰也不能走。誰要是想走，除非是咽了氣，才能出得了臨安城。』說著，她們身子一動，我只覺眼前一花，穴道被解開了。抬眼一望，只見她們的背影，已緩緩走出了西跨院的門。」

多臂神劍長歎一聲。他親眼見過那兩個紅裳少女的武功，此刻再也說不出什麼話來。卓長卿目光炯然，像是想問什麼話，卻又忍住了。

快刀丁七手掌一攤，長歎道：「雲老爺子，您說，我該怎麼辦？走又不行，不走又不行，前有狼後有虎，我和龔老三一想，只有拚了。但是——」

他目光又復變得十分黯淡，接著道：「剛才雁蕩紅巾會那檔子事，雲老爺子想必也知道。我們和他們雖然從不往來，也不知道他們究竟為什麼遭的殃，但我和龔老三心裡一琢磨，就猜出他們大概也和我們一樣。」

「本來我和龔老三想，最多我們兩個死了算了，現在一看，才知道事情不那麼簡單。那傢伙可真是趕盡殺絕！我丁老七死雖不足惜，可是要我累及這麼多弟兄也一齊遭殃，那我丁老七可不能就這麼束手就縛，好歹也得拚上一下。」

卓長卿暗中點頭，只見這個草莽豪士胸膛一挺，神情中彷佛又恢復了他那慣有的剽悍之氣，目光一轉，接著又道：「是以我就將弟兄們都召集起來，聚在街上，看看那些人到底有什麼法子，能教我們快刀會這兩百多個弟兄一齊死去。」

他臉上勉強泛出一絲笑容，伸出鐵掌，四下一指，接著又道：「何況，我丁老七還有這麼多朋友，現在又承蒙你雲老爺子和雲大俠拔刀相助，這更給了我丁老七不少勇氣。」

多臂神劍沉重地歎息一聲，望了望門隙外的天色，緩緩道：「此刻天已快亮了，大概——」

語猶未了，門外突然傳來一聲慘呼，屋內群豪面容俱變。

快刀丁七一個箭步竄到門口，雙掌猛然往外一揮，「砰」的一聲，竟硬生生將那兩片木板大門擊得直飛了出去。

他一掠而出門外，目光四下一掃，只覺門外的一排快刀大漢，身形仍然站得筆直，朦朧夜色之下，卻見他們面上已個個露出驚懼之色。

街的那頭，隊形已凌亂，刀光此起彼落，但筆直的一條街上，除了他自己快刀會的弟兄外，卻看不到別的人影。

他身形一折，飛也似的朝那頭竄了過去，耳邊但覺慘呼之聲不絕於耳，手持長刀的大漢，一個個地倒了下去。

但四下仍然不見人影。鄰居的大門本來開了一線，此時又砰地關上了，顯見得門裡的人但求自保，誰也不想蹚這渾水。

神刀龔奇目光一掃，一擰身，嗖地竄上了屋面。雲氏父子身形如飛，掠到快刀丁七身側，一面四下查看，一面檢查著已經倒在地上的快刀會眾人的傷勢。

只見這些大漢的胸前，都有個錢眼大的傷口，汩汩地往外冒著鮮血，顯見都是中了暗器。但這些暗器是什麼？從哪裡發出來的？卻沒有一個人看到。雲中程手腕一反，將腰間的龍紋軟劍，掣到手上，身形掩在他爹爹身旁，目光閃電般四掃，只見這些大漢仍然不住地一個個倒下去，但發暗器的人在哪裡，他縱然用盡目力，卻連一個方向都辨不出。

他不由自主地從心底生出一股寒氣。快刀丁七已雙目盡赤，手中刀光連閃，瘋了似的四下飛掠著，而手中的刀光有如一團瑞雪，護在身形四側，只是自己的弟兄背對背地揮舞著手中長刀，但那些似乎無影而來的暗器，好像是長了眼睛，竟能從刀光中穿過去，無聲無息地打在人身上。

滿街刀光勝雪，慘呼連連，但那些快刀大漢，仍然背背相抵，立在街心，竟沒有一個四散奔逃的。卓長卿暗中讚佩這快刀會紀律的精嚴，突地飛身一掠，急如電閃，掠在一個快刀大漢的身前，倏然伸手一抄，目光如電，四下一掃，又倏然退回街首，攤開手掌一看，只見一個小若蚊蟻的黑色鐵丸，突然從掌心彈了開來，四側彈出八根芒刺。

他雖是初入江湖，但十年的苦練，卻使他成了天下各門各派武功的大行家，是以那川中楊一劍稍一出手，他便知道那是峨嵋門下。

但此刻他卻不禁暗中一皺劍眉。縱然他搜遍記憶，可也想不出此刻在他掌心這暗器的來路，而這暗器的製作之精巧，威力之霸道，卻又不禁令他心中生出一絲寒意。

此刻月光已沉，天卻仍未破曉，大地正是最最黝黑的時候。這種細小的暗器，通體黝黑，夜色中目力自難分辨，再加上小而渾圓，破風之聲，可說輕微到極處，若不是他這種有著非凡的目力和超人的聽覺的高手，自然難以覺察。但可怕的是這種暗器一接觸到人身上，立刻便會彈出芒刺。這小小一粒暗器，縱是鐵漢，可也經受不住。

這條大街筆直而長，兩旁的店鋪都緊緊地閉著門。那快刀丁七本以為自己人多，若是都圍在一間房裡，突然受到襲擊時，便會縛手縛腳，施展不開。

是以他才將自己的弟兄們都聚在街上。但此刻這些快刀會眾人，聚在這條街上，卻成了人家暗器的活靶子，連逃都逃不了，躲也無法躲。快刀丁七雖然後悔，卻已來不及了。

滿街閃爍的刀光，此刻竟已倒了幾近一半。仁義劍客心裡越來越寒，大喝一聲，劍光暴長，一道青藍劍光，像匹練般飛舞在他自己的身側，藉以防護那些似乎無影而來的暗器。

快刀丁七一面揮舞著刀光，展動著身形，四下查看，一面厲聲叱道：「是好朋友就現出身來，面對面和我丁老七幹一場。要是再這麼偷偷摸摸的，我丁老七可要連祖宗八代都罵上了。」

但他空自叱罵，四下卻連半聲回應都沒有。站在街心的大漢們，終於忍受不住心裡的恐懼，譁然一聲，四下逃了開去。

但這卻更加速了他們的死亡。混亂的街上，只有卓長卿一人是冷靜的。他目光如電，四下搜索著，只見這些暗器，生像是從四面八方射來，但他卻也不能找出它們準確的方向。

自古以來，武林之中從未有過如此冷酷的屠殺，也從未有過如此霸道的暗器。須知這種暗器，只要製上一粒，已不知要花去多少人力，此刻這漫天射來的，真不知是如何造出來的。

突然——

卓長卿清嘯一聲，身形宛如龍升九天，平地拔了上去，凌空一個轉折，竟在空中橫移三尺，然後有如雷擊電閃，倏然飛向街側一家店鋪屋簷下的陰影，揚手一掌——

一股激烈的掌風，排山倒海般向那邊擊出，只聽轟然一聲，這家店鋪伸出外面的屋簷，立刻隨之倒塌，落下無數木石，揚起漫天灰塵。

卓長卿的身形，也隨即掠了過去。煙塵漫天之中，突然斜斜掠起一條人影，身形之快，竟非人類目力能及，就在卓長卿身形到達的一剎那，他已從另一方向，電也似的掠了開去。

有很多快如電光石火般的事，在筆下寫來，便生像是極慢，此刻也正是如此情形。卓長卿身形方一掠而至，腳尖微點殘敗的屋簷，便又像箭也似的射了出去，如影隨形般追向那條人影。

他目光一掃，只見屋面上，倒著一具屍身，一柄雪亮的長刀，橫在那具屍身之側，他不用再看第二眼，便知道那就是方才還活生生的神刀龔奇。

一陣悲哀和憐惜的感覺，倏然湧向心頭，但他卻沒有時間去查看一下，因為前面那條人影，此刻微一起落，便已遠遠掠去。

直到此刻，卓長卿還從未和人家真正動過手，但他卻一直深知自己的武功，雖不能說已超凡入聖，但在當今武林中，已是頂尖高手了。而此刻他卻對自己的信心，微有動搖。因為眼前這個對手，輕功之曼妙，竟絕不在他之下。夜色之中，只見這條人影，有如一道輕煙，隨風而去，他只能看到一條影子，卻分不出此人的身形。

夜色如墨，這正是破曉前必有的現象，不用多久，太陽就會升上來了。

黑暗之中，只見前後兩條人影，電也似的掠了過去，那種驚人的速度，就是飛行絕跡的蒼鷹，似也無法能及。

就在這兩條人影逸去之後的片刻，這條長條的屋簷下，竟又掠起兩條人影，向他們消失的方向，倏然追了過去。

這兩條人影輕功雖較他們弱，但卻也仍然是足以驚世而駭俗的。雲中程一揮手中利劍，立即騰身而上，卻已無法追及了。

長街上的混亂與慘呼，也立即平息了。快刀丁七橫亙著手中的長刀，目光空洞地望向蒼穹，東方已漸泛出魚青。

十年來艱苦的鍛煉，再加上他超於常人的天資，以及司空老人那浩如滄海的武功的傳授，使得卓長卿此刻內在的功力，有如海中的浪濤，此消彼長，生生不息。

他的身形越來越快，和前面那條人影的距離也越來越短，但是他起步較遲，又因神刀龔奇之死，心神略分，是以此刻他仍然和前面的人影隔著約莫三丈遠近。三丈遠近，自然不算太長，但此時此刻，卻也不是易於追及的。

霎眼之間，臨安的城郭，已在眼前，前面那條人影，向左一折，突又凌空而起，一拔之勢，竟然幾達三丈。

臨安乃古代名城，城郭之高，並不比秣陵京都遜色。那條人影雖然一掠三丈，卻仍然和城頭有著一段距離。

卓長卿心中暗喜，腳下猛一加勁，嗖地躥了過去，只覺前面那條人影，身形竟往城牆上一貼，霎眼之間，便已升至城頭。

此刻卓長卿的身形，亦自拔起。他雖也知道這樣躥上去，非常容易受到別人的暗算，但此刻只要他稍一猶疑，前面那條人影便自無法追去，這正是稍縱即逝的關頭，根本不容他加以考慮。

他這全力一拔，有如沖天之鶴，上升亦有三丈，衣袂破風，風聲獵獵，身形拔到極處，突然雙臂一振，眼看勢道已竭的身形，竟突又沖天而起。這種武林罕睹的上天輕功，使得他顯比前面那條人影的輕功，又妙上一籌。

城頭之上，突然響起一個清脆的聲音，輕輕喝了聲：「好！」

卓長卿微微一驚，竭盡全力，將自己的身形向右輕折一下，曼妙而驚人地落在一個突起的城垛上，目光隨即一掃。

只見自己對面的另一個城垛上，俏生生站著一條人影，高鬟如雲，衣袂飄飄，在朦朧之中，一眼望去，面目雖看不甚清，但他已覺得此人之美，不可方物，竟是自己生平未睹。

他不禁怔了一怔。因為他再也想不到，這輕功絕妙之人，竟是個美如天仙的麗人。這絕色麗人纖腰微扭，輕輕一笑，突然笑道：「你追我幹什麼？」

卓長卿不禁為之一怔，此刻他竟無法將眼前這彷彿將要隨風而去的天仙麗人，和方才那冷酷殘忍的兇手聯想在一起。

片刻之間，他胸中一片混亂，竟說不出話來。須知他雖是聰明絕頂之人，但究竟初涉紅塵，對人對事的應變，自然生疏得很，何況這個變故，又是大大地出了他意料哩。

這絕色麗人秋波流轉，嘴角又自泛起一個甜美絕倫的笑靨，嬌笑著道：「天這麼黑了，你和我又無冤無仇，這麼苦苦地追在我後面，是想幹什麼呀？」

伸出手掌，輕輕掩著嘴角。

卓長卿只覺她露在衣袖外的一段手臂，猶如瑩瑩白玉，致致生光，定了定神，暗暗透了口氣，朗聲說道：「小可雖和姑娘無冤無仇，但小可卻要請教一句，那快刀會的弟兄們，又和姑娘有何仇恨，姑娘竟要如此趕盡殺絕？」

那絕色麗人突然噗哧一笑，右手輕輕一理鬢邊隨風揚起的亂髮，嬌笑道：「你說的什麼話呀？我不懂。」

卓長卿想到方才那些快刀會眾慘死的情況，一股怒火直沖而上，冷笑道：「方才閣下躲在暗處，將那些毫無抵抗之力的漢子，一個個射死在閣下的暗器之下，此刻閣下卻又說出這種話來，這才真是教在下難以理解。」

哪知這絕色麗人一手捧著桃腮，微垂螓首，似乎根本沒有聽到他的話，過了半晌，才抬起頭來，嬌笑道：「我想起來了，我姑姑以前跟我說過快刀會，說他們都不是好東西，專門搶人家的錢。難道剛剛那些被人家一個個弄死的大漢，就是快刀會裡的人嗎？」

她伸出一雙纖掌，輕輕一拍，又道：「我真開心呀！原來那些人都是強盜，我本來還在替他們難受哩！」

神情之間，竟像是個方獲新衣的無邪童子。

卓長卿冷笑道：「不錯，方才被閣下暗器射死的，就是快刀會裡的漢子。」

那絕色麗人卻「呀」地驚喚了一聲，伸著一隻春蔥玉指，指著她那挺直而秀麗的鼻子，像是不勝驚訝地說道：「什麼，你說我殺了他們？」

玉腕一揚，從鼻上移開，卻又塞住了自己的耳朵，閉起眼睛，長長的睫毛，覆蓋在眼瞼上，接著又道：「這話我可不敢聽。從小到大，我連隻螞蟻都沒有弄死過，你卻說我殺了人。」

突然將一雙玉掌筆直地伸在卓長卿面前道：「你看，我這雙手像是殺人的嗎？」

卓長卿不由自主地一望，只見這雙手掌，玉潤珠圓，十隻有如春蔥般的手指，斜斜垂下和手背形成一種美妙的弧線，指甲上塗著鮮紅的玫瑰花汁，更映得膚色白如瑩玉。

他不禁暗歎一聲，實在自己也不相信這雙手會殺人。但方才之事，卻又是自己親目所睹，卻又令他不能不信。

方才他卓立在街旁，目光四掃，眼見有一點黝黑得幾乎非目力能辨的光影，從屋簷下射出，是以縱身發出一掌。

他又稍微一定神，將方才的情況，極快地思忖了一遍，斷然地說道：「這雙手掌，實在不像會殺人的。但姑娘好生生地躲在屋簷下面，卻又是為著什麼呢？姑娘若是連隻螞蟻都不忍弄殺，那麼姑娘眼看那麼多人死在你的面前，卻又為什麼不怕了呢？」

那絕色麗人咯咯一笑，將那雙玉掌縮回袖裡，嬌笑道：「喲，倒看不出你一臉老老實實的樣子，卻居然也這麼會說話。這倒真是人不可貌相了。」

卓長卿面色一沉，冷笑道：「小可所說的話，句句都極為嚴重，姑娘若還是如此戲弄於我，卻莫怪我要不客氣了。」

這少女自負絕色無雙，平生所見的男人，一見她之面，莫不神魂顛倒，此刻卓長卿面目如鐵，冷冰冰說出這番話來，不禁令她微微怔了一怔，幾乎以為自己對面這英挺少年是個瞎子。

但略微一怔之後，她瞬即恢復常態，輕輕一笑，說道：「我說的話，可也句句都是真的呀！你要是不相信，你就搜搜我身上看，看看我身上有沒有帶著什麼暗器。」

羅袖一揚，兩臂高高張起，將身上的輕羅衣裙，都提了起來。一陣風吹過，將那件輕紅羅衫吹得緊緊貼在她身上。只見她身材婉轉起伏，柳腰輕輕一擰，端的婀娜動人。

卓長卿乃絕頂聰明之人，怎會是個不識美色的莽男子？只是他生具其父之稟性，正是至陽至剛的男兒，對於善惡之分，遠比美醜之別看得重些。他雖然知道眼前這少女是舉世難尋的絕色，但他只要一想起方才那些大漢的慘呼，眼前這無雙絕色，就像是變得十分醜陋了。

這也許是他對美醜兩字的看法，和別人有些兩樣。但聰明的人對內在的美，不都是看得比外在的美重要嗎？

他冷哼一聲，目光避開那美妙的胴體，冷澀地說道：「我不知姑娘是否將人命看得非常輕賤。殺死那麼多人之後，還能恁地說笑——」

那絕色麗人突然輕顰黛眉，幽幽歎了口氣，輕輕說道：「你這人怎麼總是不相信我？唉，你知不知道，我平生從未對男子說笑過。」一雙秋波，似嗔似怨，凝注在卓長卿身上。

卓長卿只覺心頭一跳，一陣溫馨的感覺，隱隱從心底閃過。這種難言的滋味，竟是他有生以來，從未有過的。

於是他在心底長歎一聲，一瞬之間，他彷彿又覺得眼前這猶如依人小鳥般的少女，不可能做出方才那種血淋淋的事來。

此刻東方已露曙色，大地已由黝黑而漸漸變得光亮了起來。

那絕色麗人秋波一轉，看到城郭下的郊野上，電也似的馳來了兩條淡紅人影，嘴角突然泛起一絲冷笑，嬌柔的幽怨之色，霎眼之間，一掃而空，驀地一折柳腰，冷笑著道：「你要是不相信我的話，那些人就算是我殺的好了。」

纖掌一揚，玉指微飛如蘭，突然直劃到卓長卿的眼前。卓長卿方自一怔，卻見這隻蘭花般的玉掌，已自劃到自己鼻側的沉香前。

這一招來勢有如閃電，不但絲毫沒有先機，而且卓長卿怎麼也不會想到這位溫柔笑語、蹙眉輕顰的少女，會對自己驟下殺手。

他大驚之下，身形倏然而退，卻見那絕色麗人冷笑一聲，捲在腕上的袖子，突然像流雲一樣飛了出來，帶著一股侵人的冷風，又揮向卓長卿的面門，腳下蓮足輕點，已由她自己方才立足的那城垛，輕靈地掠到卓長卿方才立足的城垛之上。

這一招更是大出卓長卿意料，此刻他腳下業已是懸空，而且眼看去勢已竭，那絕色麗人看在眼裡，目中露出得意之色。

哪知卓長卿突然凌空微一擰身，反手一招揮鳳手，竟硬生生地劃向那片有如流雲般的羅袖，掌風如刀，嗖然作響。

那絕色少女目光一變，羅袖反捲，柳腰輕擰間，卻用另一隻手唰地擊出兩掌，蓮足在城垛上一點，倏然又自斜踢一腿。

這絕色少女不但身法奇詭，招式間變化之快，更是無與倫比。這兩掌一腿，竟生像是在同一剎那間發出的，而且掌雖纖柔如玉，掌風卻是虎虎驚人，顯見招招含蘊內力。

卓長卿劍眉微挑，肩頭微晃，手掌突然一穿，身形迅如飄風般斜斜一蹿，竟從那絕色少女的掌風腿影中斜掠出去。

這一掠之勢，竟有兩丈，那絕色少女似乎微吃一驚，倏然住手。轉身望去，卻見這英挺少年已卓然站在自己身後的城垛之上。

她嘴角向下一撇，冷笑道：「你不是要捉住我，替那什麼快刀會報仇嗎？現在你怎麼不——」

哪知卓長卿突然厲叱一聲：「正是。」左掌倏揚，食、中兩指微曲，探驪取珠，疾點那絕色少女的雙目，右掌緣斜立，唰地擊向左肩。

那絕色少女語猶未了，亦自想不到對手說打就打。她年紀雖輕，但卻遠比卓長卿狡黠。方才卓長卿一路狂追，她雖不願和來人朝相，但自恃輕功，認為別人定然無法追及自己，是以也不以為意，只想將那人遠遠拋開。

哪知卓長卿越追越近，她悄悄回眸一望，才發現追自己的這人，輕功之高妙，簡直驚世駭俗。她乃絕頂聰明之人，心下一思忖，知道自己並不能將人家拋開，是以就在城牆上駐足而候。

本來她還想乘著那人掠上城牆時，猝然擊出一掌，將來人斃於掌下，但她一看到人家掠上牆頭時的身法，卻又改變了主意。

等到卓長卿疾言相詢，她驚於這少年武功之高，是以並未出手，可是卻已暗藏殺機。後來她望到遠遠奔來的兩人是自己的幫手，便毫不猶疑地猝然發出一掌。

但此刻她一見卓長卿之出手，不禁芳心暗駭，只覺對方擊來的掌勢之中，力道剛猛，竟又大出自己的意料。

她哪裡知道卓長卿輕功雖妙，卻非所長。若單論輕功，他並不比這少女高出許多。但若論及內力，那就遠非這少女能及了。

他全力擊出兩掌，眼見已堪堪觸到那少女的嬌軀，她卻仍然呆呆地站在那裡，不避不閃，心中不禁有些後悔，生怕自己的這一掌一指，出力過猛，而將這少女擊斃。

須知他面上雖因身世之慘痛，以及多年的空山苦練，而顯得有些冷酷，其實他卻是至情至性之人。此刻雖覺得這少女言笑無常，性情彷彿甚為狠辣，但他卻終不忍心將一個初次見面的少女傷在掌下。

他此念既生，方想撤回掌力，哪知那少女突然嬌軀一仰，兩隻羅袖，突又倒捲而出，霎眼之間，但覺紅影漫天，兩隻帶著寒風的羅袖，已四面八方地向他揮了過來。

此刻他們立足之處，俱在城頭之上。那城垛周圍不過三數尺，雖是櫛比而立，但中間卻也空著三數尺一段距離。

是以他們動手之時，便要時時照顧到腳下，不然一個踏空，自己縱然身手高妙，但身法之間，卻也難免因之受到傷害。

但這少女的兩隻羅袖，此刻施展開來，無異兩件犀利的外門兵刃，動手之間，無疑要占許多便宜。

第六章　無雙羅袖

卓長卿憐意方生，人家兩隻羅袖已自揮來，劍眉微軒，雙掌一反，掌風便自沖天而起，呼地將漫天袖影擋了回去。

但這絕色少女的兩隻羅袖，長幾達丈，飛舞之間，不但招式詭異，而且收招之間，奇詭迅快，更是武林罕睹。

卓長卿此刻身手已經展開，雙腿屹立如山，招式雖然推動得較緩，但從他雙掌中帶出的掌風，卻像是一道銅壁，堵在那絕色少女的袖影前面，但一時之間，還是守多攻少。

那少女秋波流轉，望到城下的兩條淡紅人影，此刻已自掠至城腳，目光突然一凜，左手羅袖「呼」的一聲，有如一道經天彩虹，斜斜地劃了個半弧，電也似的捲向卓長卿的右臂。

右手羅袖卻突然一收，便又齊腕疊起，露出一隻瑩白如玉的纖手來，嬌軀微擰，玉腕稍沉，並指疾點卓長卿肩井。

這樣一來，她身法也隨之大變。須知她左袖長揮，右手短攻，一長一短，距離差著老遠，但出招之間，卻未因之而有絲毫不便。只見她嬌軀婉轉，突而遠攻，突而近取，身法之詭異、奇妙，又遠在方才之上。

卓長卿一代大俠之子，自出生之日始，便受乃父熏炙，紮下了極好的武功根基，此後更得到武林中的泰山北斗人物青睞，破例收為門下，十年苦練，成就豈在小可？

七十年前，武林正值最為紛亂之時，其時正邪兩派，高手輩出，不但武當、少林、崑崙這幾個久踞武林霸業的名門正派，人才濟濟，邪派之中，更是出了幾個天下側目的魔頭，掀動著風浪，使得武林中人，個個惶然難安。

而司空堯日卻就在這時候，出道江湖，不到數年時間，不知做過多少件驚天動地的事來，掌斃大漠二凶、劍劈南荒一怪，十二連環塢中，單身孤劍，掃蕩群魔，使得他和當時武林中另一位高手古鯤，被天下武林尊為天地雙仙。

這天仙司空堯日，自疚於早年殺孽太重，晚年便深自收斂，只是他生具孤潔之性，一生之中，獨來獨往，直到晚年，非但無妻無子，就連徒弟，都沒有收過。

但他在黃山始信峰下，因稍遲一步，而使他故友地仙古鯤之徒卓浩然夫婦雙雙斃命，心裡正有些自責，再加上卓長卿過人的天資、至性和性格，竟得到這從不輕易傳人的武林異人的青睞。

於是他才動了收徒之念，而天仙司空老人的一身絕技，也因之有傳。

須知這司空老人武功淵博如海，天下各門各派的武功，他都有所涉獵，晚年收徒，自然愛護備加，卓長卿也因之不但武功超群，而且武功門派之知識，亦是超人一籌。

但此刻這絕色少女這種詭異的身法，卓長卿搜遍記憶，卻還是看不出她的派別來。

朝曦初升，使得她的身形，看來有如一團流動的火焰。卓長卿心中一動，突起長嘯一聲，身形有如神龍般沖天而起。

那絕色少女螓首微抬，只見他這一拔之勢，竟然高達三丈。他那凌空飄舞的衣衫，雖是一片黑色，使他看來猶如一隻玄鶴，但他腳上那雙朱履之底卻是仍然潔白，僅有些許塵跡，顯見他走路之時，腳底完全踏在地面上的時候不多。

她芳心方才暗駭，不知對方此舉，藏著什麼厲害的後著，身形不禁微微一仰，向後滑開五尺，全神凝注，觀其後變。

哪知卓長卿身形在空中毫無變化，就又飄飄落了下來。那絕色少女又自一怔，卻見他那英俊的面目上，此刻望去，有如寒冰。

此刻那兩條遠遠掠來的淡紅人影，已掠至城腳，卻正是那在多臂神劍雲謙壽誕之日翩然而來，技驚群豪的一雙紅裳少女。

這兩個紅裳少女一路追來，雖然繞了不少圈子，但終於找到她們要找的人。熹微的晨光中，只見她們面色嫣紅，有如桃花，裹在那輕紗紅裳之中的酥胸，也不住起伏著，顯見是奔馳過急。

但稍一駐足，她們便又回復過來，抬眼一望那高矗直立的城牆，兩人互望一眼，突然並肩躍起，羅裙飄飄，望之直如一雙彩蝶。

兩人齊齊掠至兩丈，眼看勢道將竭，左側少女突然伸出右掌，輕輕一按右側少女的左肩，嬌軀便又借勢而起，右側少女卻落到地上。

左側少女凌空借勢，掠上城牆，秋波一轉，見到自己的主人輕輕伸手向自己打了個手勢，便也微一頷首，一面伸手入懷，從懷中取出一條極長的紅色彩索來，垂下一端。

城下那少女嬌軀一長，凌空抓住那彩帶，有如驚鴻般躍上城牆。

卓長卿長嘯而起，翩然而落，日光森冷地在那絕色少女身上一掃，冷冷地說道：「溫如玉是你什麼人？」

原來他方才搜遍記憶，卻仍看不出這絕色少女的身法，不禁大為驚詫。

他深知自己的師父之淵博，那麼此事只有一個解釋，就是這少女的這種詭異的身法，是某一個武林高手近年才創出來的。

苦思之下，他見到這少女的一身紅裳，十年之前，黃山始信峰下那淒慘的一幕，突又電也似的從他心裡閃過。

那一衣紅裳、高挽雲鬢的奇醜婦人，和那美麗的小女孩子的身形面容，便又歷歷如在目前。

他彷彿又見到那紅裳奇醜婦人——後來他已知道她就是醜人溫如玉，正伸出她那乾枯的手掌，冷酷地殺死自己的雙親。於是眨目之間，他只覺心胸之中，熱血翻湧，便自長嘯一聲，沖天拔起。

那絕色少女聞言不禁微微一怔，秋波輕轉，看到自己的幫手已自掠上城來，輕輕伸出玉掌，攏了攏鬢角，卻乘便打了個手勢，突又嬌笑起來。

卓長卿目光眨也不眨地凝注在對面這少女的身上。他雖然心切親仇，神智略有混亂，但像他這種內外兼修的武林高手，聽覺畢竟不同凡響，這種情形下，他還是察覺到身後又有人來。

但是他目光卻並未因之而從那絕色少女身上移開。只見她那嬌媚的面目上，突又泛出春花一般的笑容，嬌笑著道：「你認得溫如玉嗎？」緩緩自鬢角放下玉手，又道：「你問我這話幹什麼？」

卓長卿劍眉一挑，厲聲道：「在下方才所問之話，你若不好好答覆，就莫怪在下要不客氣了。」

那絕色少女羅袖微揚，咯咯一陣嬌笑，指著卓長卿道：「你這人倒凶得很。你問我的話，我不答覆又怎樣——」

她話聲一頓，本來嬌笑如花的面靨，突然又一沉，冷叱道：「小瓊，小玲，你們快替我把這廝抓下來。」

卓長卿冷笑一聲，身形突又沖天拔起。須知他江湖歷練雖少，卻是聰明絕頂之人，早就知道身後的來人，和這絕色少女必是一路，是以表面上雖仍一絲未變，暗中卻早有防備。

他目光一垂，果然看到兩條紅衫人影，電也似的從他身後掠來，但此刻他身形已高高在上，這兩人自然撲了個空。

那絕色少女柳眉一豎，冷笑道：「你上得去難道別人就上不去？」嬌軀一扭，便也沖天拔起，呼呼兩聲，兩條羅袖，又自揮出。

這種奇詭的武功，雖脫胎於武當絕技流雲飛袖，但又和這種正宗內家絕技有些不同，卻原來正是那紅衣仙子溫如玉晚年苦研而成的絕技，無雙羅袖。

卓長卿自然不會知道這種身法的由來，但此刻他卻已知道這三個紅裳少女，必定和自己的殺父仇人有著不同尋常的關係。

他身形凌空一折，突然雙掌齊出，五指如鉤，電也似的抓住這兩隻羅袖，口中猛哼一聲，手腕猛然一抖、一扯。

只聽「嘶」的一聲，那兩隻絳紅衣袖，竟硬生生被他一抖兩半，露出那絕色少女有如玉藕般的半段手臂來。

那絕色少女嚶嚀一聲，玉容大變，身形又落在城垛上。卓長卿手掌一揚，將手中的兩截斷袖，呼地拋了開去，身形亦隨即飄下。

他用盡全力，一招得手，便再也不肯給她喘息的機會，霎眼之間，便又攻出數掌，不但掌掌含蘊內力，而且招招都是攻向要害。

那絕色少女此刻玉容蒼白，柳腰連閃，避開他這激厲無匹的數掌，芳心之中，驚怒交集。她一生之中，從未受過有如此刻之挫辱，卻又不知道這少年為什麼如此對付自己。

她嬌縱已慣，從來不知有人，只知有己，此刻受了這種挫辱，哪裡還有心思去想別的？嬌叱連聲，玉掌連揚，霎眼之間，便和卓長卿拆了十數招。

那兩個紅裳少女小瓊、小玲，日中亦自各現驚駭之色。她們一向以為自己小姐的武功，天下無雙，卻再也想不到這年輕而英俊的少年，竟有如此高的武功，竟把她的無雙羅袖硬生生扯了下來。

她們稍微一怔，各自嬌叱一聲，也自展嬌軀，揚玉掌，一連數掌，向卓長卿拍了過去。霎眼之間，但見那三條人影，有如火焰，漫天而起，而他們那種激厲的掌風，也使彼此身上的衣袂，不斷地飄舞起來。

她們的身形雖然動如流雲，卓長卿卻是靜如山嶽，像一座玄冰似的，屹立在這片火焰之中。

他們原先都自恃身手，各有輕視對方之意，但此刻交手之後，卻不禁各自心有戒惕。那絕色少女方才雖被卓長卿扯斷衣袖，但那只不過是因為她出手之間，略有疏忽，而且也萬萬想不到卓長卿身在空中，還能施出內力。

此刻她警惕之心一起，出手雖仍然奇詭而狠辣，但卻顯見已較先前謹慎，再加上那兩個紅裳少女小瓊、小玲，身如飛燕，掌如飄絮，功力雖不深，招式卻頗高。那卓長卿功力之深，雖已如純青之爐火，但此刻以一敵三，卻未見占得上風。

朝露將乾，旭日已升，道道陽光，如支支金箭，從東方雲層的空隙中射了出來，新的一日，已經來臨。但在這新的日子裡，武林中又將生出什麼新的變故呢？

卓長卿身形如山，雙掌如電，雖然被圍在這三個紅裳少女的漫天袖影掌風之中，卻沒有現出絲毫敗象。

可是交手一久，他心裡卻不禁有些惱躁，暗歎一聲，忖道：「這三個女子若真是那醜人溫如玉的門下，此刻我都不能取勝，還有什麼希望勝得了她們的師父，還談什麼報仇？」

念頭轉到這裡，不禁又自責起來：「唉，師父叫我再過三年才能下山，我悔不該沒有聽他老人家的話——」

他心裡這一自責自怨，身手自然就慢了下來。那絕色麗人嬌叱一聲，一雙瑩瑩如玉的手掌，忽然在那雙破袖中一伸一縮，輕飄飄地拍出五掌，出掌時雖有先後，掌到時卻渾如一體。

卓長卿目一眨，只見五隻俏生生的掌影——幾乎是在同一刹那間向自己前胸、雙肩拍來，招數之刁鑽詭異，前所未見。

他心中不禁微微一驚，腳跟半旋，斜身一讓，哪知眼前突又掌風大作，那小瓊、小玲的四隻玉掌，也已拍了過來。

須知高手過招，差之毫釐，便可失之千里。卓長卿方才心神略疏，此刻便讓對方占了先機，眼見得四面八方都是人家的掌影，這些掌影也都已堪堪拍到自己的身上。

那絕色麗人嘴角方顯一絲得意的笑容，哪知卓長卿突然肩頭微塌，手腕向上一抖，他兩隻寬大的衣袖，就突然兜了上來，帶著凌厲的風聲，「呼」地劃了個圈子。

那絕色麗人笑容頓斂，柳腰一折，倏然退了三步，卻聽小瓊、小玲同聲嬌呼，原來她們撤招不及，玉腕被衣袖掃著一點，只覺宛如刀劃，痛徹心骨。

卓長卿冷笑一聲，驀然雙手從袖中伸出。他以一招正宗的流雲飛袖又復搶得先機，腳步微錯，正待向那絕色麗人拍去，哪知城下突然傳來轟然一陣長聲，一個中氣頗足的蒼老聲音在下面喝道：「長卿，好俊的功夫！」

卓長卿不禁微微一怔，雙掌斜揮，孔雀開屏，唰地向小瓊、小玲以及那絕色麗人各個拍出一掌，身形微偏，目光下掃，卻見城下竟已站著一片黑壓壓的人群。一個滿頭白髮的老者，排眾當先而立，卻正是那多臂神劍雲謙。

原來卓長卿和這三個紅裳少女在這城頭上激戰，掌風紅影，自然極為顯目，有人遠遠看見，就奔來看熱鬧。雲謙父子幫著快刀會的快刀丁七料理了一下善後，本在著急著卓長卿的下落，一聽城上有人激鬥，就飛也似的奔了來，果然看到卓長卿站在一個城垛上，和三個身形流走的紅裳少女在動手。

這時正當卓長卿雙袖拂退了這三個紅裳少女的攻勢，雲謙一見故人之子武功如此，禁不住高聲喝起彩來。臨安城中，武林豪士雲集，此刻趕來看熱鬧的，自然大半是練家子，看到卓長卿這一招「流雲飛袖」自然也都識貨。

這一喝彩聲，叫得卓長卿精神一振，口角含笑，手掌由外而內，「呼」地又劃了個半圈，當胸一合，由合而分，突又揮了出去，剛好和那絕色少女擊來的一掌相擊，那絕色少女口中悶哼一聲，飄飄向後退了五尺，退到另一個城垛上。

卓長卿這一招不但姿勢曼妙，攻守兼備，而且他這雙掌一合，顯見是在向城下的群豪見禮。群豪見這少年竟能在這種情形下施出這種招式來，又運用得那麼恰到好處，不禁又轟然喝起彩來。

多臂神劍手捋長鬚，哈哈大笑，側顧雲中程大聲說道：「中程，你看看，人家這才叫虎父無犬子。只有這麼樣的兒子，才配得起我卓浩然卓老弟那樣的父親。就衝他這一招流雲飛袖，武當山上的白石道人都未必能強他多少。唉，真難為他年紀輕輕，怎麼學來的！」

這豪邁的老人見到故人有後，不禁老懷大放，大聲地稱讚起來。旁邊的武林豪士一聽在城上動手的少年，竟是昔日名震天下的中原大俠之子，不禁暗中傳語，都道此少年了得。

那絕色麗人粉面凝霜，全神攻敵，下面的話，她根本沒聽見。小瓊、小玲遠遠掠到另一個城垛上，伸出手腕，只見那玉也似的肌膚上，此刻已多了一道青紫的傷痕，心中不禁暗自一駭。自己才不過被衣袖沾著一點，就已如此，若是完全讓那雙衣袖掃著，此刻怕不早已腕骨盡折。

她們互望一眼，各個俱都花容失色。但那絕色麗人絲毫沒有退意，出手反倒更見激厲。她們心中雖已有懼意，但也不得不一挺纖腰，再揚玉掌，又自和卓長卿動起手來。

城下群豪，指指點點，雖在暗中誇獎著卓長卿，卻也不禁為這三個紅裳少女的武功所驚，暗中各自奇怪，武林之中，怎會突然出來如許年輕高手。

大家仰首而觀，只見城上的人影，身法變化得越來越快，小瓊、小玲忍著手腕之痛，和那絕色少女展開有如狂風驚飆般的掌法，雖然好像已將卓長卿籠罩在她們的掌風威力之下，但卓長卿屹立如山，雙掌一揮，就是攻敵之所必救，那紅裳少女的掌法雖是奇詭驚人，但卻都被他輕描淡寫地一一化開。

多臂神劍久闖江湖，武功雖然並非登峰造極，但他數十年來，身經百戰，閱歷之豐，卻是豐富到極點，此刻看到他們動手的情形，知道卓長卿已占上風。他有心讓這初出江湖的少年，在人前揚威露臉，是以哈哈又自笑道：「中程，你看看，這三個女孩子的武功怎樣？」

雲中程微微一怔，還未來得及答話，卻見雲謙又朗笑道：「你知不知道她們就是昔年紅衣娘娘的弟子？你看她這一招拂雲手，使得又有多高。嘿，這虧了是長卿在上面，若是別人的話——」

他語聲一頓，雲中程暗中一笑，已知道他爹爹故意說出這三個少女的來歷武功，只是為了顯出卓長卿的武功之高來，遂接口笑道：「這要是換了孩兒我上去的話，不用十個照面，就得被她們打下來。」

他此言一出，群豪不禁又相顧色變。須知蕪湖雲門在武林中的地位極高，仁義劍客雲中程更是江南武林中屈指可數的人物，此刻他們如此一說，群豪對卓長卿的看法，果自又是不同。

多臂神劍聲如洪鐘，他說的話，字字句句都傳入卓長卿的耳中。他耳中聽得這三個少女，果然就是自己仇人的弟子，心裡不覺熱血沸騰，心神不禁又微微一疏。

那絕色麗人一聲嬌叱，小瓊、小玲紅袖一舞，唰地攻出四招，她卻身形一轉，轉到卓長卿的左側。

卓長卿身隨念轉，避開小瓊、小玲的四招，哪知卻恰好轉到那絕色麗人的身前。

那絕色麗人左掌當胸一推，右手五指，卻微微分開，唰地點向卓長卿胸前的四處大穴。旭日光下，只見她這十隻纖纖玉指上的蔻丹，致致生光。但卓長卿自己心裡有數，知道只要讓她這十隻猶如春蔥般的玉指沾上一點，便立時就會不得了。

須知他忖量情形，早就看出小瓊、小玲不過僅是這絕色麗人的丫環而已，是以出手時，便對這兩個垂髫少女留了幾分情。

但此刻他卻因她們之牽制，而屢遇險招，劍眉一軒，驀地暴喝一聲，左掌呼地反揮了出去，一股激烈的掌風，將又自他身後襲來的小瓊、小玲揮開五尺，右掌一沉一曲，五指如鉤，去刁那絕色少女的右手腕門。

那絕色少女知道卓長卿的功力，不敢和他對掌，纖指一揚，將右手縮了回去，左掌卻仍原式擊出。

哪知卓長卿右肘突又一曲，一個肘拳撞向她的左掌，那絕色麗人一驚，收招，卻見卓長卿一隻鐵掌突又伸出，五指箕張，掌心內陷，竟以內家小天星的掌力，擊向自己前胸。

卓長卿這隻右手一抓、一撞、一擊、拆招，渾如一體，招式之妙，可說妙到毫巔，出招之快，更是快如閃電，正是那天仙司空老人昔年名揚天下的神龍八式中的一招天龍行空。

卓長卿掌到中途，目光動處，忽然睹見那絕色麗人的酥胸微微隆起在那輕紅羅衫裡，起伏之間，眩目動心，而自己這一招天龍行空竟是往人家的酥胸上擊去。

他此刻雖已力貫掌指，但一睹之下，此掌便再也無法擊出，口中悶哼一聲，硬生生將手掌一頓。

那絕色麗人微一冷笑，玉掌便又如電擊出。小玲、小瓊身形一退，此刻又已如行雲流水般掠了過來，倏然拍出四掌。

卓長卿大喝一聲，身軀猛擰，但右肘曲池穴間，已被那絕色麗人的掌緣掃中。

右臂頓時發麻。但人家怎肯再給他喘息的機會？唰地又是數掌。卓長卿大轉身，連退四步，哪知腳下突地一腳踏空，右肩又中了小瓊一掌，便再也穩不住身形，竟從城頭掉了下去。

群豪翹首而望，正自意眩心驚，突然看到卓長卿從城頭上掉了下來，不禁齊地發出一聲驚呼。多臂神劍面容驟變，一撩長衫，跺腳奔了過去。哪知卓長卿猶如流星下墜的身形，方到了中途，突然一緩，頭上腳下，飄然落了下來。

多臂神劍一捋長鬚，急聲問道：「這是怎麼回事？」

卓長卿劍眉微皺，伸出左掌，在自己右肩、肋下，極快地拍了兩下，一面道：「不妨事的。」

抬頭一望，只見城頭之上，紅衫飄飄，但他立處卻因為站在牆角，是以她們此刻究竟在做什麼，他卻一點也看不到。

多臂神劍沉聲道：「這三個少女是紅衣娘娘的門下，你要小心些才是。如果無甚怨仇，也不必和她們苦鬥，免得多惹仇家。」

他根本不知道此事的真相，是以才說出這種勸解的話來。

卓長卿劍眉一軒，突又輕歎一聲，雙臂微張，嗖地直躥而上。他方才一招失著，被人家逼下城來，雖是因為他自己格於禮數，不忍下手，但在這麼多雙眼睛下遭受此辱，心中自是不忿，此刻便生像是在身法上賣弄一下，這縱身一躍，竟然高達三丈。

他根基本佳，再加上所習內功，又是玄門正宗，是以此刻他雖經激戰，但是內勁卻無顯著的損耗，身形凌空一起，耳中卻又聽到城下群豪齊聲發出轟然的喝彩聲，那多臂神劍先自大聲喝道：「長卿，小心了。」

他不禁又暗歎一聲，一雙寬大的衣袖，猛然往外一拂，身形一折，雙掌又在牆邊一按，借勢再次拔起。

哪知城頭之上，突然傳下一陣朗笑之聲，笑聲清越，穿雲裂石

——笑聲方入卓長卿之耳，他的身形便也躥到城頭，目光四掃，只見那絕色少女凌風而立，正在挽著那雙已經被扯斷小半的衣袖。小瓊、小玲依依地站在她身側，三人的六道秋波，卻都凝注在一個不知何時掠上城頭的黃衫少年身上。

這黃衫少年笑聲未絕，卻是背向卓長卿而立。卓長卿只見他長衫飄飄，身材頎長，卻未看到他的面貌。

這黃衫少年笑聲突然一頓，回過頭來，冷冷向卓長卿瞥了一眼。兩人目光相對，卓長卿不禁在心裡暗讚一聲：「好個漂亮人物！」相惜之心，油然而生。

哪知那黃衫少年冷冷打量卓長卿幾眼，眼皮一翻，卻又回過頭去，朗聲道：「兩位姑娘匆匆而別，在下正自懸念得緊，不想今日卻又在此處相遇。哈，這真讓在下高興得很，高興得很。」

他一連說了兩個高興得很，朗笑之聲，又復大作。卓長卿劍眉微皺，暗忖：「這少年好生倨傲。」

微舉一步，亦自掠到他卓立的城垛上，冷冷道：「兄台且慢敘舊，在下與這三位姑娘還有事未了，請兄台暫退一步。」

那黃衫少年眼皮一翻，望也不望卓長卿一眼，朗笑又道：「方才在下從城外行來，遠遠就看到城頭之上，紅衣飄動，在下心裡就想，這必定是姑娘們了，趕來一看，果然不出所料。」

他哈哈一聲，目光在中間那絕色麗人身上轉了幾轉，便再也捨不得離開，緩緩又道：「這位姑娘，怎麼如此面善——」

突然伸出右掌，在自己前額猛地一拍，哈哈笑道：「原來姑娘就是那位畫中之人。在下自從見了姑娘的畫中倩影之後，就終日神魂牽縈，可不禁有些疑惑，世間焉有如此美人，只怕是那畫工的一支丹青妙筆，故意渲染出來的。今日見了姑娘之面，才知道那畫工之筆，實是庸手。那幅畫又何曾將姑娘之美畫出萬一？下次我若見了他——哼。」

這黃衫少年指手畫腳，旁若無人，滔滔不絕地放肆而言，卓長卿的一雙劍眉皺到一處。

他方才見這黃衫少年身材挺秀，本自有些好感，此刻卻不禁厭惡萬分，暗暗忖道：「這真是人不能貌相了。這少年看來雖是個好男兒，哪知竟如此俗惡，卻又如此猖狂。」

想到他方才對自己的態度，劍眉一軒，才方欲發作，哪知黃衫少年話聲方頓，那絕色麗人卻柳眉一展，梨窩淺現，伸出玉掌，一掠鬢角，突然嬌聲笑道：「你若見了他怎麼樣？」

那黃衫少年微微一怔，便又仰天大笑道：「日後我若見了那蠢才，我先要將他雙手剁下來，讓他永遠——」

那絕色麗人突又咯咯一陣嬌笑，截斷了他的話，卻將一雙玉手，筆直地伸了出來，秋波四轉，嬌笑著道：「那你就趕快來剁吧，畫那幅畫的，可不是別人，就是我呀！」

小瓊、小玲一直掩口相視，此刻再也忍不住噗哧一聲笑出聲來。卓長卿雖是滿腹怒火，但此刻卻也不禁暗中一笑，心想這少女倒是個可人，故對她的惡感，竟也消去幾分。

其實這少女是他仇人門下，方才又乘隙擊了他一掌，那黃衫少年卻和他素不相識，他對這少女的惡感，本應遠在這黃衫少年之上。但人們的情感，卻是那麼奇怪，卓長卿只覺這少女和自己的仇恨又是另外一回事，至少她本身，並無可厭可恨之處，而那黃衫少年在他眼中看來，此刻卻是面目可憎，這少女用言詞傷刺於他，卓長卿就覺得非常痛快。

人們的喜惡，本是出於本性的直覺，而並非出於理智的判斷，而喜惡之與恩仇，性質也是截然而異的，因為恩仇的判別卻全然是出於理智，這其中的關係，雖然微妙，卻能解釋。

卓長卿心中暗笑，側目一望，只見那黃衫少年站在那裡，面上笑容方斂，眼睛瞪在那絕色麗人的一雙玉手上，一時之間，再也說不出話來。

那絕色麗人秋波一笑，明眸如電，在卓長卿身上一轉，笑道：「你急什麼，他要是能把我的手剁下來，你的氣，不是也出了嗎？」

多臂神劍站在城下，看到那狂傲的少年岑粲，突然在城頭上出現，竟然和那紅裳少女們談笑起來，他雖然能夠很清楚地聽到岑粲的笑聲，卻聽不清他們談話的內容。

須知岑粲等人立在高處，話聲又不甚高，自易被強勁的晨風吹散，是以兩人若立在地勢高低懸殊的地方通話，遠較立在平地的相同距離困難。

多臂神劍心急如焚，暗忖：「這岑粲若和那些女子聯手，長卿便恐不是敵手——」

念頭尚未轉完，只見岑粲和卓長卿果然動起手來。

原來那黃衫少年岑粲自以為非常瀟灑風趣地說出那番話來，結果卻討得個無趣。

他乃十分自滿自傲之人，此刻心目中自是羞惱交集，但卻又將那少女無可奈何，目光一轉，看到旁邊一個少年，正似笑非笑地望著自己，不禁將滿腔怒火都發作出來，厲喝道：「你笑什麼？」

卓長卿劍眉一豎，冷冷道：「閣下言語放莊重些，自然便就無人笑你。」

岑粲大喝一聲，陡然向卓長卿衝了過去，揚手一掌，摑向卓長卿的面頰。

卓長卿不禁大怒，手腕一翻，反手去刁岑粲的手腕，左掌卻從右肘下穿出，並指如劍，指向他的肋下。

他身形未動，卻疾如閃電般發出兩招，正是攻守俱佳的妙招。那黃衫少年岑粲似乎微微一怔，想不到這對手竟是如此高手，不禁盡去輕敵之念，右掌猛一伸縮，倏又拍出兩掌。

兩人站在同一城垛之上，腳下俱未曾動，瞬息之間，卻已拆了十餘招。那絕色少女輕輕一笑，和小瓊、小玲遠遠站了開去，笑吟吟地看著他們動手。

但她面上雖帶著笑容，心中卻不禁暗地吃驚。須知岑粲和卓長卿此刻動手，看來雖極平淡，其實這種近身而鬥，卻遠比四處遊走來得凶險。這兩人舉手投足間，所使的竟都是最上乘的功夫，只要稍有疏忽，便立刻就要被對方傷在掌下。

這絕色麗人自己身懷絕技，此刻焉有看不出來的道理。

她秋波四轉，目光一會凝注城上，一會又轉到城下，突然輕笑一聲，道：「你們兩位在這裡多玩一會吧，小瓊，小玲，我們可得走了。」

柳腰一轉，竟驀地朝城外落下城牆。

小瓊、小玲探首一望城下，輕輕一皺眉頭，也隨之掠了下去，一面嬌喝道：「瑾姑娘，您可得接著我們一點。」

卓長卿目光一轉，大喝道：「且慢！」

呼地劈出一掌，將岑粲逼開一步，猛一長身，亦自掠向城下。

那黃衫少年微微一怔，轉身過去，只見前面三條紅影，有如流星經天，如飛地向城外的一座叢林掠去，後面一條烏影，銜尾急追，霎眼之間，這四條人影竟都已掠去很遠。

他暗歎一聲，心中的傲氣，竟為之消去一些，亦自向城下掠去。

多臂神劍雲謙本在關心著卓長卿的安危，正待設法上城助他一臂之力，哪知瞬息之間，情形竟然變化如此。卓長卿等人掠到城外之後的情形如何，他在城內自然無法看到。

雲中程雙眉緊皺，站在他爹爹身側，回目四望，只見群豪多已陸續散去，個個都在驚訝低語，不知道方才這場激鬥，究竟是為著什麼，卻又糊裡糊塗地不了了之。

多臂神劍手捋長鬚，微一跺足，沉聲道：「中程，到城外看看。」一撩長衫，大步向城門奔去。

此刻早市已起，城門內外，人群熙來攘往，雲謙卻急步而奔，雖未施出輕功，卻已使得行人駐目而望，心裡奇怪，以為這老頭子瘋了。一個挑著擔子的菜販，被他輕輕一撞，蹬蹬蹬連退幾步，險些倒在地上，方自罵了句：「這個老瘋子——」

哪知一個白面微鬚的漢子突地奔了過來，伸手在他肩上一拍，道：「嘴裡乾淨些。」

他抬頭一望，只見這漢子目光中威稜閃現，嚇得將未罵完的話都咽回肚裡。

雲中程隨手一掏，掏出半錠銀子，拋在這菜販腳下，轉身奔出城外，只見他爹爹站在一塊石墩上，伸頸四望。但此刻除了這向城外的一條官道上，不時有牛車菜販、行商走卒往來而行之外，那卓長卿和紅裳少女們，卻連影子都看不到了。

武林中的恩仇殘殺，使得臨安城外的安分居民，心中都有些驚惶，對於行狀略為扎眼的人，連正眼都不敢望一眼。城門口的兵卒也多了起來，扛著紅纓槍，四下查巡。其實他們也在心裡發慌，看到雲氏父子，都故意走到另一邊去，生怕禍事臨到自己頭上。

多臂神劍極目四顧，四野一片青綠。路上來往的行人，也有些將身上單薄衣衫的袖子，高高挽了起來，但這已經垂暮的武林健者心中卻不禁暗歎，知道此刻雖是盛夏，只是距離秋天，卻一天比一天地近了。

於是有許多他本極為看重的事，在這一剎那間，卻似乎已都不再放在心上，長歎一聲，沉聲道：「中程，我看——我們還是進城吧，反正長卿，他——他也不會出什麼事的。」

雲中程微微一怔，抬起頭來。盛夏的旭日之光，剛好照在他爹爹的面上，於是這老人面上的皺紋，也越發清晰了。

這一瞬間，雲中程覺得他爹爹彷彿又蒼老了許多。他恍惚憶及當他年紀還很小的時候，也曾經不止一次地抬頭望著他爹爹的面龐，那時，這張面孔在他眼中，有如天神般輝煌。

然而此刻，那種輝煌的光彩，卻永遠在這張面孔上消失了。

於是他也在心中長歎一聲，道：「爹爹，我們還是回去吧——」

連日來叢生的變故，使得這倔強的老人口頭雖不服老，但心中豪氣卻消去了許多。他轉目一望雲中程，目光中倏然閃過一絲難言的光芒，喃喃歎道：「壯士暮年，雄心未已——雄心未已——唉，中程，回去也好。」

伸出一隻那已因歲月的消磨而變得有些鬆弛的手掌，輕輕搭在他愛子的肩上，緩步向城內走去。

此刻雖是盛夏，但名傾江南的無湖雲門父子，卻有著暮秋般的心情。熾熱的陽光照在他們身上，卻也生像是再也沒有什麼暖意。

雲謙側目一顧，不禁又自長歎道：「中程，長江後浪推前浪，我看——你也早些洗手算了。今日之江湖，唉，已不再是——」

話猶未了，身後突然響起一聲高亢的呼聲，喝道：「前面的可是雲老爺子嗎？」

呼喝之聲，隨著急遽的馬蹄聲順風傳來。多臂神劍駐足回顧，只見三匹健馬箭也似的在官道上急馳而來。

就在這微一駐足間，這幾匹馬都已衝到他面前。

健馬揚蹄昂首間，唏律一聲長嘶，馬上的騎士，矯健地掠下馬來，竟不再理會那長嘶著的坐騎，嗖地一個箭步躥了過來。雲謙雙眉方自一皺，哪知這條漢子，就在這官道上，竟「噗」的一聲，向自己跪了下來。

他不禁為之一怔，目光轉處，只見這漢子，衣衫凌亂，風塵滿面，目光之中，更是滿帶驚惶之色，像是方遭巨變，心中方自一動。

哪知這條漢子已連連叩首道：「雲老爺子，你老人家大概不記得小人是誰，小人卻在太湖總寨裡，見過你老人家一面——」

多臂神劍哦了一聲，接口道：「原來兄台是賀三爺的門下。有話好說，快快起來。賀三爺這一向可好嗎？唉！太湖一別，一別多年，老夫已有許多日子沒有看到他了。」

那條漢子卻仍跪在地上，面上驀地泛出悲愴之色，長歎道：「你老人家恐怕再也見不到我們賀二爺了。」

多臂神劍面目驟變，急聲問道：「怎麼？」

那漢子伸手一抹面上的汗珠，接著道：「他老人家，在餘杭城裡——已遭了別人的毒手。小人無能，連害死他老人家的仇家是誰都不知道。」

雲中程目光四轉，只見來往的行人，都禁不住向自己這邊投來驚詫的目光，劍眉微皺，伸手拉起這氣急敗壞的漢子，道：「兄台且定定神，有話不妨入城再說——」

那漢子雙手據地，卻伏在地上不肯起來，一面連聲道：「雲老爺子，您跟我們總舵主是道義之交，這件事就全憑您老人家做主了。」

多臂神劍長歎一聲，連連跺腳。雲中程手上微一施勁，將那漢子從地上拉了起來，一起走回城裡。此刻臨安城裡的武林豪士，正是人人惶恐不安，生怕又有什麼禍事輪到自己頭上來。

到了雲氏父子落腳之處，那漢子就將餘杭城裡的變故，滔滔不絕說了出來。雲氏父子這才知道，天目山麓鄰近的各城，這幾天來竟都是迭生慘變，那邊的遭遇，竟也和臨安城裡的快刀會和紅巾會一樣，不明不白地就喪了性命。

江湖風波，雖本險惡，但百十年來，武林中卻從未發生過如此殘酷的屠殺，因為在屠殺過後，這兇手究竟是誰，普天之下，竟沒有一人知道真相的。

多臂神劍雲謙久歷風塵，可說是武林經驗豐富到了極點的老江湖了，此刻卻也不禁全然沒了主意。他雖有為江湖主持公道之心，但卻無為武林伸張正義之力。何況，他即使有著這份力量，卻也無法尋得那冷酷而神秘的兇手呀！

他希望卓長卿回來的時候，能帶回一些別人不知道的消息。

但由清晨而傍晚，由傍晚而深夜——

一直到夜已很深了，卓長卿卻仍然沒有回來，於是，多臂神劍在種種憂慮之外，又開始為這少年的安全而憂慮了。

在這一整天焦急等待之後，他發覺這件事從一開始，就有許多值得疑惑之處。此事本由那江湖巨富、武林神偷喬遷手上的三幅畫卷開端，但是直到此刻，這喬遷卻始終未再現過行蹤。

於是，他對這事真實的目的開始發生了懷疑。難道那三幅畫卷只是那魔頭醜人溫如玉的香餌，目的只是要將天下武林豪士都誘到這天目山來，然後再逐個擊殺，一網打盡？

這念頭一經在他心中閃過，這久經世故的老人心中，也不禁開始泛出一陣陣寒意。

因此那兩個紅裳少女，才會禁止在沒有上山參與此會之前，就不得擅自離去——

他暗中思忖著，推究著此事的真相。

「但既是如此，那麼那限令他們在兩日之中離開此城的，又是什麼人呢？」

於是他又開始陷入迷亂的疑雲之中，因為此事從頭到尾，看來竟都大悖常理，自然不是任何人能夠推測得出的。

多臂神劍長歎了一聲，望著窗外的夜色，沉重地說道：「看來我們只有等到另一件流血的變故生出了，除此之外——唉！」

他沉重地結束了自己的話，又為之落入沉思裡。

等待，是全然不同於追尋的。對一個尚未可知的謎團，有些人安於等待，另外一些人卻急於追尋。

多臂神劍叱吒江湖，並不是安於等待的人，只是此刻他連追尋的目標都沒有，除了等待，他是全然無能為力的了。

而卓長卿呢？

這初入江湖的武林高手，卻是在積極地追尋著他們急於知道的解答——那些冷酷、凶殘的屠殺，是不是這三個紅裳少女做出的呢？這三個紅裳少女，為什麼會做出這些事？她們是限令快刀會眾人在兩日之內離開臨安的，抑或是禁止他們離開臨安的？

而最重要的，他還是在急欲知道這三個紅裳少女，和自己的仇人醜人溫如玉究竟有著什麼關係？如果她們真是溫如玉的門下，那麼自己那不共戴天的仇人的下落，不是可以從她們身上知道了嗎？

這些錯綜複雜的問題，使得他不顧一切地朝三個紅裳少女的去向追了過去。那時還是清晨，盛夏的陽光，甚至還沒有完全升起來。

第七章　多事頭陀

卓長卿極目而望，只見那兩個紅裳少女，一左一右，搭在那絕色麗人的肩上，縱躍如飛地向城郊外一片大樹林裡掠去。

遠遠望去，只見這三條人影，在盛夏青蔥的郊野上，幾乎變成一抹紅光，流星般地一掠而逝。

卓長卿掠下城時，遠在她們之後，此刻便已落後了十數丈。這段距離說長不長，說短不短。卓長卿不再遲疑，連那黃衫少年的行止都顧不得看了，展動身形，嗖然追去。

剎那間，那一團紅影，已經閃入林木之中。

卓長卿不由心中大急，雙臂一張，身形有如鷹隼般掠了起來，掠入林去——

哪知他身形方落，一團光影，帶著激厲的風聲，驀地當頭向他壓了下來，一個有如洪鐘般的聲音厲叱道：「站住！」

卓長卿倏然一驚，眼看自己箭一般的身形，已堪堪被那團青藍的光影捲入，口中悶哼一聲，身形驀然一挫，竟借著體內真氣的收轉，硬生生將自己前進的力道變為後退，蜂腰微擰，行雲流水般地後退了三步。

他這種身形的轉折變化，可說是足以驚世而駭俗的，只聽那團光影之中，也不禁為之發出一聲輕輕的驚訝之聲。

卓長卿長袖一拂，挺逸的身形，便自倏然頓住，只有身上的長衫，仍在不住波動起伏著，看來像欲隨風而去。

他全身的真氣自隨著長袖之一拂而滿聚臂上，但那團光影，卻未跟蹤擊來。他心中不禁微微一怔，閃目望去，只見一株樹幹粗大、枝葉濃密的樹前，卓然站著一個身軀魁偉高大的和尚，雙臂向前伸得筆直，手中橫持著一支精光雪亮的佛門兵刃「如意方便鏟」，鏟上的銅環，兀自叮噹作響。

卓長卿不禁又為之一愕，不知道這魁偉的僧人，為何突然向自己出手。目光轉動處，只見這魁偉的僧人，臉上怒容滿面，一雙環目，威光畢露，正自眨也不眨地望著自己。

樹後紅影閃動，粗大的樹幹後面，一邊各閃出來一個雲鬟高挽的頭，眨起一隻眼睛，望著他嫣然一笑，卻正是那兩個紅裳少女。

卓長卿不禁又是好笑，又是好氣，卻又奇怪，哪知那魁偉僧人狠狠地瞪了他半晌，突然暴喝一聲，手腕一翻，將掌中的如意方便鏟舞起一團光影，一面厲聲喝道：「你這小夥子，看來倒蠻像人的，哪知卻是個衣冠禽獸。」

手腕微伸，譁然一聲，那支精光雪亮的方便鏟，又自筆直地伸了出來。

那僧人卻又喝道：「洒家今天非教訓教訓你不可。」

卓長卿腳步微錯，倏然滑開五步，心中更是驚詫莫名，不知道這魁偉的僧人，怎的好端端罵自己是個「衣冠禽獸」。

他心念一轉，劍眉微軒，朗聲叱道：「小可與大師素不相識，大師如此大罵，不知所為何來——大師若是那三位姑娘一路——」

話猶未了，那魁偉的僧人卻又暴喝一聲，圓睜環目，叱道：「你這小子真正氣煞洒家了！洒家且問你，光天化日之下，你竟敢對人家少女無禮，你不是個衣冠禽獸是什麼？」

語聲方落，那支精光雪亮的方便鏟，已自滿帶風聲，朝卓長卿攔腰一掃。

卓長卿既驚且怒，微一傾身，那支方便鏟，便已堪堪從他身側掃了過去。

樹後的那兩個紅裳少女「噗哧」掩口一笑，又將螓首縮回樹後。

卓長卿心念轉處，知道這魯莽的頭陀，必定是受了這些狡黠的紅裳少女的愚弄，是以不分青紅皂白地就向自己出手。

他不禁在心中暗罵這僧人的魯莽：若換了別人，豈不要被這一鏟打得昏去。

長袖再拂，身形猛轉，乘著這方便鏟去勢已將竭，嗖地，往樹後掠了過去。

哪知這魁偉的僧人雖魯莽，武功卻絕高，手腕一挫，竟硬生生將這支方便鏟帶了回來，寒光一溜，又自擋在卓長卿身前。

卓長卿雖不願和這多事的頭陀多作糾纏，惹些沒來由的是非，但於此刻卻仍不禁控制不住自己的怒氣，大喝一聲，道：「哪見你這僧人怎麼如此魯莽，連話都不問問清楚就胡亂——」

那魁偉的僧人暴喝一聲，截斷了他的話，橫肘一帶，左手一抄，陰陽把式一合，將那支重量幾達百斤的方便鏟，揮動得猶如草芥鏟頭，銅環連聲響動間，已又擊出數招。

剎那之間，風聲滿林，寒光揮動間，樹梢的枝葉紛紛墜落，但被卓長卿的掌風一激，又遠遠飛了出去，生像是秋風中的落葉。

卓長卿長衫飄飄，瀟灑而曼妙地將這漫天壓下的鏟影輕易地化解開去，目光卻不時掃向樹後，生怕那二個紅裳少女乘隙逸走。

但那株巨樹周圍竟幾達三人合抱，樹後面的紅裳少女究竟走了沒有，卓長卿根本無法看到。他緩緩移動身形，想往樹後移去，只是那僧人揮舞出的鏟影，卻猶如一堵光牆，擋在樹身前面。

數十招一過，卓長卿已自看出這僧人所施的招式，不但功力極深，而且是嫡傳的少林心法降龍羅漢鏟。

這種沉重的外門兵刃，配合著這種外家登峰造極的武功，一經施展，威力可說霸道已極。這種剛猛的武功，正有如一個剛強的漢子，寧折而毋屈。

卓長卿知道除非自己以絕頂的內家功力，將這魯莽的僧人震傷，否則只有守而不攻。除此之外，你若想以招式來破解，卻不是容易的事。

他雖然氣惱這僧人的魯莽多事，卻也不願將個素無怨仇的人傷在自己掌下。又折了十數個照面，他心裡越加急躁，招式的施展，也不覺加了幾分力道，只將那支重達百斤的如意方便鏟，有時一招尚未施展開，就被震得飛了開去。

但是僧人大吼一聲，腕肘伸縮間，卻又立刻將這空隙填滿。只見他寬大的袈裟衣，都縮到肘上，露出一雙虬筋糾結的鐵臂來。顯見他的外家功力，已是登峰造極。

又是數招拆過，卓長卿長袖一拂，身形突然溜開，遠遠退到七尺開外。那魁偉的僧人愕了一愕，鐽身一橫，方待追擊，卻見卓長卿軒眉一笑，用一根手指指著他笑道：「我知道你是誰了，你可是嵩山少林達摩院首座上人空澄大師的弟子？」

那僧人果自一怔，道：「你怎麼知道洒家的師承？」

卓長卿笑道：「你可知道我是誰嗎？」

那僧人又為之一怔，半晌說不出話來。卓長卿目光一轉，道：「你既然不知道我是誰，怎敢和我動手？」

那僧人目光一呆，威光盡斂，暗中忖道：「是呀，這廝年紀雖輕，武功卻高，說不定有什麼特別來歷——」

卓長卿又自冷冷一笑，道：「你可知道方才那三個紅裳少女是誰嗎？」

那僧人伸出巨掌，摸了摸前額，卻聽卓長卿又自冷冷笑道：「你連她們的名姓來歷都不知道，就敢胡亂幫她們出手，你可知道方才那三個紅裳少女，其實是三個女強盜嗎？」

那僧人暗歎一聲，忖道：「是呀！我連她們名姓來歷都不知道，怎麼就胡亂聽信了她們的話呢！這少年看來也不像是個壞人呀！」目光一抬，囁嚅著問道：「閣下是誰？此話可果然是真的嗎？」

卓長卿嘴角泛起一絲笑意，像是在暗笑這僧人的莽撞，面上卻故意森冷地笑道：「你快幫我把那三個女賊抓住再說，否則——哼。」

「哼」一聲猶自未落，他的身形，已如離弦之箭般，竄到樹後，目光掃處，卻見樹後空空，哪裡還有那三個紅裳少女的人影？

他暗中一跺腳，也顧不得再和那僧人多說，身形輕折，朝樹林深處飛掠而去。

那僧人怔了半晌，望著卓長卿的人影，消失在林木深處，心中卻不禁暗罵自己，怎麼今日又做了無頭無尾的糊塗事。

原來他行腳至此，貪圖風涼，又懶得掛單，昨夜就在這濃密的林木中歇下了。今晨一覺醒來，卻見有三個紅裳少女飛也似的掠進樹林裡，像是在逃避著什麼東西似的。

那三個少女一入林中，一眼望到林中的巨樹下，躺著一個長大僧人，身旁橫放著一柄精光雪亮的方便鏟，似乎也微微一驚，六道秋波，一齊在他身側的方便鏟上掃了幾眼。

其中一個紅裳少女，就微頻黛眉，朝他深深一福，道：「大師救命，後面有人要……要欺負我們，已經追過來了。」

這魁偉的僧人生性最是喜歡多管閒事，出道以來，已不知惹下多少事端，此刻一聽此話，立刻翻身跳了起來，伸手一抄身側的方便鏟，拍胸道：「有洒家在這裡，你們還怕什麼？有什麼事，洒家完全做主。」

那三個紅裳少女，媚目一轉，卻見卓長卿已如飛掠來，連忙躲到樹後，卻教這僧人和卓長卿糊裡糊塗地打了場架。

此刻，他呆呆地站在樹下，腦中卻仍然是混混沌沌的，不知道在玄衫少年和那三個紅裳少女之間，究竟有著什麼糾紛。

此刻，他雖已不完全相信那三個紅裳少女的話，可是對卓長卿的話，他也有些疑惑。須知他武功雖已登堂入室，臨事卻並不老練。江湖上有許多人故意捉弄他，他吃了虧卻也不知道。

他怔了半晌，將右掌的方便鏟，倒曳在地，左掌又自一拍前額，搖頭歎道：「真奇怪，那少年怎會知道我的師承的？他又不認得我！」

倒曳著方便鏟，方一轉身，哪知樹梢林葉深處，突然傳出噗哧一笑，笑聲之嬌柔清脆，生像百囀黃鶯。

他微吃一驚，橫持起方便鏟，抬頭望去，一個滿身紅裳的絕色麗人，伸出一隻纖纖玉掌，抓著一枝柔弱的樹枝，全身竟筆直地垂了下來，卻用另一隻玉手，整理著鬢邊的髮絲，正自垂首嫣然含笑。

翠綠的木葉掩映中，只見這紅裳少女，更是美如天仙，生像是綠葉之中一朵嬌豔的紅花。

有風穿林而過，吹得樹梢的枝葉，簌然發出陣陣清籟，那絕色麗人的輕紅羅衫，也隨著這微風輕柔地飄起。

羅袖垂落，玉臂瑩瑩，更像是在這紅花綠葉之中，多添了一節春藕。那一雙明亮的秋波，如果望在你臉上，那麼縱然是盛夏清晨的微風，也會遠遠不及這秋波動人了。

那魯莽的僧人目光抬望處，也不禁為之凝目半晌，方自問道：「你這小姑娘，訕笑洒家什麼？」

那絕色麗人「噗哧」又是一笑，玉掌微鬆，飄然從樹梢落了下來，羅衫的衣袂，微微揚起一些，另一隻纖手卻仍理著鬢角巧笑道：「我笑大師真是有點糊塗。」

那僧人面色一凜，圓睜環目，厲聲道：「洒家剛剛幫了你的忙，你卻說洒家糊塗，難道洒家幫忙還幫錯了不成？」

那絕色麗人放下纖掌，輕折柳腰，微微一福，嬌聲說道：「大師方才仗義援手，我先謝過了，只不過——」

她竟又嫣然一笑，道：「大師的確也有些糊塗。方才那個穿著一身黑衣裳的黑心腸，猜到了大師的師承，又有什麼值得奇怪的？我非但知道大師的師承，還知道大師的名字哩！」

她語聲微微一頓，秋波在那僧人身上一轉，掩口嬌笑道：「大師可就是名聞天下的多事頭陀，上無下根，無根大師？」

那僧人多事頭陀無根，一頓掌中的方便鏟，連聲道：「這倒奇怪了，怎麼你們都認得洒家，洒家卻不認得你們？」

那絕色麗人咯咯笑道：「我們又何嘗認得大師，只不過從大師的招法身段上猜出來的罷了。」

她緩緩伸出三隻春蔥般的玉指，又自笑道：「天下武林中人，誰不知道少室嵩山的少林三老？他們三位老人家雖然終歲隱跡深山，武林中人卻也都知道，三老中若論內力修為，自然要數藏經閣的空靈上人，若論拳掌輕功，卻要數羅漢堂的首座空慧上人，可是要論少林的鎮山蕩魔如意方便鏟法，那就得數達摩院的空澄上人了——你說我這話對不對？」

多事頭陀無根訥訥地點了點頭，卻聽那絕色麗人又自笑道：「大師方才所使的那種降龍羅漢鏟，只要是稍會武功的人，就可以看得出來那有什麼高妙。除了空澄上人之外，又有誰傳授得出像大師這樣的弟子哩——你說這話可對嗎？」

多事頭陀目中禁不住閃過一絲喜悅的光彩，卻兀自問道：「可是你卻又怎麼會知道洒家就是多事頭陀無根呢？」

那絕色少女掩口笑道：「除了多事頭陀無根大師之外，當今天下，又有誰會路見不平，拔刀來幫我們這三個弱女子的忙呢？」

多事頭陀一拍前額，仰天大笑了起來，一面笑道：「你們年輕人真是越來越聰明了，這些道理洒家怎麼想不出來？」

語音微頓，突然大喝一聲，用一雙蒲扇般大的手掌，指著那少女道：「姑娘，你是否在騙洒家？」

那絕色少女微微一怔，卻見這魯莽的頭陀雙手一抄，又將那精光雪亮的方便鏟橫持於手中，微一抖動，銅環叮咚。

而那絕色麗人面上，卻立刻又泛出春花般的笑容，悄聲道：「大師，難道你也要欺負我這個弱女子嗎？」

多事頭陀目光為之呆滯了一下，然而終於厲聲喝道：「什麼弱女子，難道你把洒家當成呆子，看不出你有武功來？哼——就憑你這身武功，天下還有什麼人能欺負你？哼——那小子的武功也未見能高出你，難怪他說你是個女強盜。」

他一連「哼」了兩聲，但語聲卻越來越低，直到最後說出「女強盜」三字，那語聲更是幾乎微弱得無法聽到。他雖然魯莽，卻也看出這少女語中頗多不盡不實之處，只是不知怎麼，他卻不願說出一些令這少女傷心難受的話來，尤其是當她溫柔地笑著的時候。

那絕色少女果然伸出玉掌，輕輕一抹眼瞼，然後嬌柔地歎了口氣，道：「大師，不瞞您說，我確實會些武功，但是可萬萬也比不上那個穿著黑衣服的傢伙，自然——也萬萬比不上大師您了。」

多事頭陀緩緩放下手中橫持著的如意方便鏟，臉上露出一種憐惜的神色來。那絕色麗人秋波一轉，輕輕垂下羅袖，將自己嬌柔而纖弱的身軀婉轉一折，又歎道：「其實，大師您也該看得出來，我——總不該像個女強盜吧？」

多事頭陀一雙神光稜稜的環目，此刻不禁為之盡斂威揚，一拍前額，終於又將心中最後一個疑問問了出來：「不過，姑娘方才存身在這樹上面，洒家和那小子竟然全不知道，姑娘這身——」

語音未了，那絕色少女又咯咯嬌笑了起來，掩口道：「大師，您又糊塗起來了。您看，這樹林子裡林葉這麼濃密，風又很大，風吹得樹葉子簌簌地響，別說我了，就算比我再笨一點的人爬上樹，恐怕大師也未必聽得出來哩！」

她嬌麗如花，語音如鶯，婉轉嬌柔地說出這番話來，眼看這魯莽的頭陀再也深信不疑，秋波中不禁露出得意的神采來，但她卻不知道就在她說這話的時候，樹梢果然又爬上一個人去，正如她自己所說，此刻風吹林木，她根本就無法聽得出來。

原來卓長卿掠到樹後，眼見樹後空空，心中一急，就追了下去。但追了兩步，他心中一動，暗想人家已走了不知多久了，自己根本就未必追得上，而且在這種茂密的叢林裡，自己縱然追上，說不定反而會受到人家暗算。

心念至此，他腳步不禁停了下來，哪知卻突然聽到一聲大喝，像是那魯莽的頭陀發出的。他心中一動，便又折了回來。

越行越近方才那株大樹，他果自又聽到那少女嬌柔的笑聲，正和那魯莽的頭陀說道：「……自然，也萬萬比不上大師您了……」

卓長卿劍眉一皺，沉吟片刻，唰地掠上樹去，別說還有風聲掩飾，就算沒有風聲，也無人能夠聽出他身形掠動時的聲息來。

他居高臨下，只見那少女婉轉嬌軀，正又柔聲說道：「……您也該看得出來，我——總不該像個女強盜吧？」

卓長卿聽在耳裡，再想到她方才不是也和自己在說著類似的話：「……你看，我這雙手像是殺人的手嗎？」

心裡不知是笑是怒。

又聽到那少女說：「……就算再笨一些的人爬上樹……」

他幾乎忍不住要躍下樹去，但轉念一想，此刻這魯莽的頭陀想必已受這少女之愚，自己躍下樹去，他一定會幫著這狡黠而美麗的少女聯手對付自己，遂屏住聲息，躲在濃密的林葉裡，看看這少女對那頭陀又在玩什麼花樣。

多事頭陀一手持著方便鏟，龐大的身軀，便斜斜倚在那支可剛可柔的方便鏟上，像是在思索著什麼的樣子。

那絕色麗人卻微伸玉手，撫弄著鬢邊的亂髮，突又笑道：「大師您這次來，是不是也為著那天目山的盛會呀？」

多事頭陀雙目一睜，道：「你怎麼知道？」

那絕色麗人噗哧一笑，道：「您這次來是為了想弄把寶劍呢，還是想得到那位美人呢？」

多事頭陀突然仰天長笑了，一面用手拍著前額，連聲道：「人人都道洒家『多事』，你這小姑娘卻比洒家還要多事，連洒家的事都管了起來。洒家既非為劍，也非為人，卻是想弄幾兩銀子。」

這次卻輪到那絕色麗人一怔，卻聽多事頭陀又復笑道：「洒家此次南遊以來，又管了不少的閒事，別的不說，洒家竟欠了別人一萬兩銀子的債。小姑娘，你想想，洒家身上除了這支方便鏟還值幾個錢之外，還有什麼東西，怎麼還得了人家的債？所以麼……哈，哈，聽到天目山上有這等事，洒家就趕來了。」

那絕色麗人嬌美的臉龐上，喜動顏色，秋波一轉，嬌笑道：「那麼，我若是替大師還了債，大師可不可以再幫我個忙呢？」

多事頭陀身軀一直，大聲道：「那若是好事，洒家不要你的銀子也行。可是你若要想叫洒家做些不仁不義的事，哼——洒家先一鏟打扁你。」

躲在林葉中的卓長卿不禁暗讚一聲：「這多事頭陀雖然魯莽，卻不失是條頂天立地的漢子。」

目光下望，卻見那絕色少女又笑道：「我怎會請大師做不仁不義的事呢？」

秋波一轉，婀娜前行兩步，又笑道：「大師，你有沒有看過那三幅畫呀——就是上面畫著寶劍、黃金和一個女孩子的那三幅畫？」

多事頭陀一雙環目在那少女面前一掃，突又哈哈大笑了起來，連聲道：「洒家真是糊塗，洒家真是糊塗——難怪看著你好生面熟，原來你就是那幅畫上的女子。好極，好極，洒家正好問你，你在天目山上，究竟弄了些什麼花樣，竟能難倒這些不遠千里而來的武林群豪？你那些寶劍、黃金，究竟是從哪裡來的？還有，你這樣做究竟是為著什麼？」

多事頭陀一連串問了三句，卻也是躲在樹上的卓長卿，以及不遠千里跋涉而來的天下武林群豪心裡想問卻未問出來的話。

那絕色麗人秋波轉了兩轉，忽又噗哧一聲，嬌笑了起來，緩緩說道：「您一連串問了人家這麼多問題，叫人家怎麼回答您才好呢——這樣好了，我索性帶您去看看，那麼您不就全知道了嗎？」

卓長卿居高臨下，只見這少女笑起來有如花枝亂顫，頭上的鬢髮，也不住隨風飄舞，不禁暗中自忖道：「我在書籍上常常看到『尤物』二字，卻始終不知道要怎樣的人才能稱得上尤物，今日見了這少女，才知道尤物是什麼樣子。唉——看來普天之下，除了她之外，恐怕也再難找出一個這樣的人來了。」

一念至此，忽又想到自己的爹爹在教自己念書之時，常常說的幾句話來。

一時之間，他像又看到他爹爹正帶著滿臉慈祥親切，但卻又正氣肅然的神情，站在他眼前，手裡拿著一本書，反反覆覆地教他念著書上的詞句，每當讀到「孔曰成仁，孟云取義，唯其義盡，所以仁至……而今而後，庶幾無愧」這一類話時，爹爹就會為之掩卷歎息。

「爹爹終於成仁取義了，他一生之中，該沒什麼值得慚愧的事了吧？但是爹爹為何又死得那麼不值得呢？您老人家為別人之死歎息，可是此刻茫茫天下，又有誰會為您老人家的死歎息呢？」

他心中思潮翻湧，一會兒想到他爹爹媽媽，一會兒又想到自己快樂的童年，但快樂的童年逝去永不再來，死去的雙親也永不會復生了。

在這翻湧的思潮中，卻似乎有一點紅色的影子，越來越大，終於凝成那絕色麗人的身形，似乎又嬌笑著伸出一雙有如春蔥的玉手，柔聲道：「這像一雙殺過人的手嗎？」

「這像一雙殺過人的手嗎？這像一雙殺過人……」這句話似乎一句連著一句，在卓長卿的腦海中撞擊著，擴散著……

他茫然閉起眼睛，哪知眼前卻又浮動出自己爹爹的身影，滿身浴血，正自戟指大罵：「我死了，你這不孝的兒子不替我報仇，心裡卻在想著仇人的弟子，在想著她是個尤物，我要你這不孝的兒子又有何用！」

猛然一拳，打在自己臉上。

他大叫一聲，從樹丫上滾了下去。張目四顧，林中空空，不但自己爹爹的影子不見了，那少女和多事頭陀竟也失去蹤影。伸手一握，只覺掌心濕濕的，滿是冷汗，方才竟是做了一場噩夢。

但此刻噩夢已醒，他卻不禁暗罵自己，怎麼在這緊要關頭上，卻想起心事來！此刻那少女早已走得不知哪裡去了，卻教自己如何找去？

又想到那少女求那多事頭陀一事，卻不知又是什麼事；多事頭陀方才問她的三個問題，又不知她到底如何回答。

卓長卿雖然是聰明絕頂之人，但到底年紀還輕，又是初入江湖，此刻面臨著許多錯綜複雜之事，不禁呆呆地愣住了，茫然沒有頭緒。

第八章　香車寶蓋

他呆呆地愣了半晌，本想筆直走向天目山，去尋那絕色少女，但轉念一想，自己就算找到了她又當如何？何況偌大一座天目山，自己根本就未必找得到。想來想去，不禁忖道：「我還是先去找到雲老伯父子才是。」

他就像一個無主意的孩子，極需有個人能為他分解心中紊亂的思潮。

他天性本甚堅毅，十年深山苦練，更使得他有著超於常人的智慧，但此刻心緒卻一亂如是，他只當是自己處世經驗不夠，臨事難免如此，卻不知自己已對那少女有了一種難以解釋的情感，這種情感是他連做夢也沒有想到過的。

須知人們將自己的情感壓制，情感反會在不知不覺中迸發出來，等到自己發覺的時候，這種情感卻早已像洪水般將自己吞沒了。

他長歎一聲，走出林外，哪知身後突然響起一個冷冷的笑聲，回頭望去，只見方才在城垛上和自己動手的黃衫少年，左手撫著下頷，右手放在左脅之下，正望著自己嘿嘿冷笑。

他和這黃衫少年本來素不相識，方才雖已動過手，但彼此之間，卻無糾葛，此時他心中紊亂如麻，哪有心情再多惹麻煩？望了一眼，便又回身走去，一面在心中尋思，要怎樣從那少女身上，找著她師父醜人溫如玉的下落來。

「好大的架子，卻連個女子也追不上。」

卓長卿愕然回顧，心想：我與此人素不相識，他怎麼處處找我麻煩？那黃衫少年見他轉回頭來，兩眼上翻，冷冷說道：「閣下年紀雖輕，武功卻不弱，真是難得得很。」

卓長卿又是一愣，心想：此人怎麼如此奇怪，方才出言譏嘲自己，此刻又捧起自己來，但語氣之中，老氣橫秋，卻又沒有半點捧人的意思。

卻見這黃衫少年放下雙手，負在身後，兩眼望在天上，緩緩踱起方步來，一面又道：「只是閣下若想憑著這點身手，就想獨佔魁首，哼，那還差得遠哩！」

卓長卿再也忍不住心中的怨氣，厲聲道：「在下與兄台素不相識，兄台屢屢以言相欺，卻是什麼意思？」

那黃衫少年望也不望卓長卿一眼，冷冷接道：「在下的意思就是請閣下少惹麻煩，閣下從何處來，就快些回何處去，不然——哼哼，真得——哼哼。」

他一連哼了四聲，雖未說出下文來，但言下之意，卓長卿又不是呆子，哪有不明之理？劍眉一軒，亦自冷笑道：「這可怪了，在下從何處來，往何處去，又與閣下何干？至於在下會不會惹上麻煩，那更是在下自己之事了。」

那黃衫少年雙目一睜，目光便有如兩道利箭，射在卓長卿身上，冷冷道：「閣下兩日之內若不離開這臨安城，哼——只怕再想走就嫌晚了。」

長袖一拂，回頭就走，哪知眼前一花，那卓長卿竟突然擋在他身前，身形之疾，有如蒼鷹。

這一來卻令得那黃衫少年岑粲為之一怔。只見卓長卿面帶寒霜，眼如利箭，厲聲道：「你方才說什麼？」

那黃衫少年岑粲雖覺對方神勢赫赫，正氣凜然，但他自恃身手，且又是極端倨傲自大之人，雙目微翻，冷哼一聲，又自說道：「閣下兩日之內若不離開這臨安城，哼——」

哪知他語猶未了，卓長卿突然厲叱一聲，右手一伸，疾如閃電般抓住他的衣襟，厲聲道：「兩日之前，在那快刀會與紅巾會房中留下字柬的，是不是你？」

黃衫少年岑粲再也想不到他會突然出手，此刻被他抓住衣襟，竟怔了一怔，隨即劍眉怒軒，右手手腕一反，去扣卓長卿的脈門，左手並指如劍，疾疾點向他腋下三寸、乳後一寸的天池大穴，一面口中喝道：「是我又怎樣？不是我又怎樣？」

卓長卿右臂一縮，生像是一尾遊魚般從他兩掌間縮了出去。只聽「啪」的一聲，黃衫少年岑粲蹬、蹬、蹬，連退三步，卓長卿身形也不禁為之晃了一晃。原來他右臂一縮，便即向那黃衫少年的左手手背上拍去，那黃衫少年來不及變招，只得手腕一翻，立掌一揚，雙掌相交，竟各自對了一掌。

黃衫少年岑粲內力本就稍遜一籌，用的又是左掌，連連退出三步，方自立樁站穩，面色一變，方待開口，哪知卓長卿又厲聲喝道：「那麼快刀會和紅巾會的數百個兄弟的慘死，也就是你一手幹出來的事了？」

岑粲面色又是一變，似乎怔了一怔，隨即大喝一聲，和身撲上，雙臂一伸一縮之間，已自向卓長卿前胸、雙臂拍了三掌，一面喝道：「是我殺的又怎樣？不是我殺的又怎樣？」

卓長卿厲喝一聲：「如此就好。」

眼看這黃衫少年的雙掌，已堪堪拍到他身上，突然胸腹一吸，上身竟倏然退後半尺，雙腳卻仍像石樁似的釘在地上，只聽又是「啪」的一聲，卓長卿雙掌一揚，和那黃衫少年又自對了一掌。

此刻他已認定了這黃衫少年就是昨夜的兇手，心中不禁對那絕色少女有些歉疚，自己錯怪了人家，是以對這黃衫少年也就更為憤恨，出手之間，竟盡了全力。雙掌相交之下，那黃衫少年便又倒退了一步，身形方自一晃，卓長卿的雙掌便又漫天向他拍了下來，掌風呼呼，凌厲異常。

岑粲方才和他對了一掌，心知人家的掌力在自己之上，此刻掌法施展開來，便不敢走劈、撞、封、打、砍、推等剛猛的路子，只是到處遊走，避開卓長卿的正鋒，專以閃轉騰挪、靈巧的招式取勝。他身法本是以輕靈見長，此刻身手一施展開來，只見卓長卿身前身後、身左身右、四面八方都是他的影子，但每一出手，便無一不是擊向卓長卿身上的要穴，認穴之穩、準、狠、辣，端的驚人無比。

方才城頭之上，卓長卿已和他動了次手，早就知道這少年武功不弱。但城頭上面地方究竟太小，兩人的身手都未施展開，此刻他見這少年輕功竟如此之妙，心中也不禁為之暗驚，越發認定那快刀會和紅巾會中弟子之慘死，必是這少年幹出的事。

只是兩人武功相差並不遠，一時之間，他也未能就將這黃衫少年傷在自己掌下。

兩人方自過了數十招，哪知遠處突然飄來一陣陣悠揚的樂聲。他們動手正急，先前並未在意，但那樂聲卻越來越近，而且聲音極為奇特，既非弄簫，亦非吹笛，也不是箏琶管弦之聲。只聽這樂聲尖細高亢，卻又極為美妙動聽。

兩人心中大異，都不知這樂聲是什麼樂器奏出的。

又當高手過招，心神一絲都鬆懈不得，兩人心中雖然奇怪，卻誰也不敢向樂聲傳來之處去望一眼。

哪知又拚了十數招，樂聲竟突然一頓，一個嬌柔的聲音喝道：「是誰敢在這裡動手，還不快停住！你們有幾個腦袋，膽敢驚動娘娘的鳳駕。」

聲音雖嬌柔，但卻一字一句，清晰無比。卓長卿和岑粲聽在耳裡，心中都不禁一動，暗暗忖道：「娘娘的鳳駕，該不是皇后娘娘前來出巡，這倒衝撞不得。」

兩人同一心念，各自大喝一聲，退開五步。轉目望去，只見一行穿著輕紅羅衫的少女，婀娜行來，手裡各自拿著一段青色的竹子，但竹子卻有長有短，也沒有音孔。兩人方才雖是動手拚命，但此刻卻不禁對望一眼，暗忖：「這又是什麼東西，怎麼吹奏得出那麼好聽的樂聲來？」

原來兩人都是初入江湖，足跡又未離過中州，卻不知道這些少女手中所持的「樂器」雖是一段普通的竹子，但彼此長短不一，吹奏起來宮商自也各異，再加上她們久居苗疆，都得諳苗人的吹竹之技，又都久經訓練，彼此配合得極為和諧，吹出樂聲來，自然是極為奇特而美妙的了。

兩人面面相覷，那黃衫少年突然兩眼一翻，嘴角朝下一撩，做了個輕蔑的神色，轉過頭去，再也不望卓長卿一眼。

卓長卿微微一怔，心中不知是笑是怒，亦自轉過頭去，卻見這些手持青竹的紅裳少女之後，竟是一輛香車。寶蓋流蘇，鏤鳳雕龍，襯著車上的血紅緞墊，更顯得富麗華貴，不可方物。

車行極緩，車轅兩側，卻有四個紅裳少女，一手推著車子，另一手卻將手中所持的鵝毛羽扇，向車上輕輕搧動。

這些紅裳少女看到卓長卿和岑粲愕愕地站在旁邊，一個個面上都露出笑意，但卻沒有一人敢笑出聲來，輕拈玉手，又將手中的青竹放到唇邊，撮口而吹。霎眼之間，樂聲又復大作。

這些紅裳少女方自緩緩前行，數十雙媚目卻有意無意間，向卓長卿和那黃衫少年岑粲瞟上一眼。

那岑粲飛揚桀倨，平日自命倜儻風流，但此刻不知怎麼，竟似為這種氣派所懾，兩隻眼睛卻是眨也不眨地望在這些少女身上，但卻不敢露出一些輕薄之意來。那卓長卿生性堅毅方正，更是連望也不望一眼，眼觀鼻、鼻觀心地站在路旁，但心裡卻自暗暗猜測，不知這些少女究竟是何路道。

片刻之間，這行奇異的行列，便緩緩在他們身前行過……

卓長卿正自猜疑，心中忽然閃電般掠過一個念頭，又自舉目望去，只見那輛香車之上，坐著的竟是一個全身紅衣的老婦，她那枯瘦的身軀，深深埋在那堆柔軟的緞墊之中，衣衫鮮紅，緞墊亦是鮮紅，是以遠遠望去，竟分辨不出這老婦的身形來。

那四個緩推香車、輕搖羽扇的紅裳少女，八道秋波，也望在這兩個少年身上，但腳步未停，逕自將香車推過。

這四個少女彷彿比前面吹竹的少女都較為大些，望去更是花容月貌，風姿綽約，那種成熟少女的風韻，任何少年見了都會心動。

但卓長卿的目光，卻越過這些少女嬌美如花的面龐，停留在那枯瘦的紅衫老婦身上。

這老婦不但通體紅衫，頭上竟也梳著當今閨中少婦最為盛行的墜馬髻，雲鬢如霧，斜斜挽起，仍然漆黑的頭髮上，綴著珠佩金環，在日光之中，閃閃生光。

但在這美麗的頭髮下面，卻是一張奇醜無比的面容，正自閉著雙目，有氣無力地養著神，那種衰老的樣子，和她身上的衣衫、頭上的髮式，形成一種醜惡而可笑的對比。

卓長卿愕愕地思索半晌，這輛香車已緩緩由他身前推了過去，岑粲的目光，也還留戀地望在那些紅裳少女的背影上。陣陣清風，吹得她們身上的衣衫微微飄動，和大地上的 片翠綠，映成一幅絕美的圖畫。

岑粲回過頭來，冷笑一聲，又緩緩向卓長卿行去。哪知卓長卿突然大喝一聲：「站住。」

聲如霹靂，入耳鏘然，岑粲不禁為之一驚，卻見他喝聲方住，身形已如蒼鷹般地向那輛香車掠了過去。

那些紅裳少女一齊驚訝地回過頭，吹竹的停了吹竹，搖扇的停了搖扇，岑粲暗忖：「這廝又在玩什麼花樣？」

雙足一頓，亦自如飛跟了過去，卻見卓長卿已攔在車前，雙目凛然發著寒光，望著那車上的紅衫老婦。

他生性方正，目不斜視，見到這行少女一個個面目如花，秋波如水，而且都值妙齡，便不敢去望人家，但心中卻暗忖道：「這些少女怎麼都穿著紅衫？」

便舉目望去，又見到車上的老婦那種詭異的裝束，忽然想起十年之前在黃山下的奇醜婦人來，心中不禁又一動：「難道她就是醜人溫如玉？」

但眼前這紅衫老婦卻蒼老得很，彷彿年已古稀，他不禁有些懷疑。「十年時日雖長，但醜人溫如玉內功深湛，不該蒼老得如此模樣呀？」

猶疑半晌，忽然想到方才那嬌柔的聲音喊的：「……娘娘的鳳駕……」溫如玉不是也叫紅衣娘娘嗎？

他再無疑念，大喝一聲，身形暴起，擋在這輛香車前面，便又喝道：「閣下可是姓溫的？」

哪知那紅衣老婦卻仍自閉著眼睛，臥在車上，除了身上的衣袂被風吹得微微有些波動之外，她竟像是睡著了似的，連眼皮都沒有睜開一下。

岑粲卻不禁心中一動：「難道這像是已死了半截的怪物，就是名震天下的紅衣娘娘嗎？」

他方才眼中所見，心中所想，俱是那些紅裳少女的秋波倩影，幾乎看得癡了，想得癡了，心中哪有餘隙來思考這問題？

但此刻他見了卓長卿的神態，雙目便也不禁望在這奇醜老婦身上。

走在最前的兩個紅裳少女，此刻突然一齊折了回來，纖腰微擰，便自一邊一個，站在卓長卿身旁，各自伸出一隻纖掌來，拍向卓長卿的肩上，另一隻手拿著的青竹，電光也似的點向他雙乳上一寸六分處的膺窗大穴，口中卻嬌聲笑道：「娘娘睡著了，你亂叫什麼？」

卓長卿口中悶哼一聲，雙臂一振，那兩個少女便已抵受不住，向後連退三步，方才站住，花容卻已變色。

但那車上的老婦，卻仍動也不動。卓長卿冷哼一聲，跨前半步，雙臂斜斜劃了個半圈，突然電也似的當胸推出，口中喝道：「姓溫的，十年之前，始信峰下的事你忘了嗎？」

掌風虎虎，餘鋒所及，立在車轅旁的紅裳少女身上，竟都不覺泛出一陣寒意，身上的衣衫也被震得飛揚了起來。

那紅裳老婦雙目仍未睜，身形亦未動，但一雙本已落在緞墊上的長袖，卻「呼」的一聲，反捲了起來，像是長了眼睛似的捲向卓長卿的雙掌。

卓長卿大喝一聲，雙掌一翻，不避反迎，五指箕張，電也似的抓向那兩隻長袖。

他雙手這一翻、一抓，看似平淡無奇，其實卻快如奔電，勁透指端，正是淮南鷹爪門中登峰造極的手法，就算淮南鷹爪門當今的掌門人親自使出這招來，也未必能強勝於他。方才在城垛上，他便以這同樣的手法，撕落了那絕色少女的一雙羅袖。

此刻他立在地上，又是全力而發，勁力更何止比方才強了一倍，原想只一招就要將這老婦的長袖扯落，哪知這雙長袖生像是長了眼睛似的，突然一伸一縮，竟自從他雙掌中穿了過去，袖腳筆直地掃向他胸前的乳泉穴上。

卓長卿心頭一凜，擰身錯步，唰地向後退出五步，卻見那老婦冷笑一聲，道：「你們還不給我把這小子拿下來！」

長袖一縮，又自落在墊上，立在車轅兩側的四個少女，卻突然掠向卓長卿，四柄銀白的羽扇，分做四處，卻在同一剎那間向他拍了下去。

卓長卿雙目已赤，因為他知道自己不共戴天的仇人，此刻正好整以暇地坐在自己面前，十年鬱積在心中的仇恨，此刻便像山洪似的爆發了出來，雙臂一圈，已在這四個手持羽扇的紅裳少女的四隻玉腕之上，各個劃出一掌。

四個紅裳少女萬萬想不到，這少年的招式竟是如此之快，玉腕一縮，各自後退一步。

卓長卿大喝一聲，並不追擊，卻又向車上的老婦撲了過去。

哪知他身形才展，已有五根青竹並排向他點了過去，當中三根點向他前胸華蓋、璇璣三處要穴，旁邊兩根出手的部位更是刁鑽，雖是落空而出，卻生像是等著他身子自己送上去似的。

卓長卿嘿嘿冷笑，根本未將這五根青竹放在心上，雙掌一揚，又是「呼」的一聲，面前的三根青竹便電也似的退了回去。

他掌力尚未使盡，身後卻是同聲襲來，他頭也不回，反手一掌，哪知方才點向他身側的兩枝青竹，此刻卻突地向內一圈，宛如兩條飛馳而來的青蛇，噬向他左右兩肋之下。

他心中一動，知道自己此刻已落入人家配合得十分巧妙的陣式中。這些少女的武功雖不可畏，但自己若被這陣式困住，再要想脫身出來，確是大為不易。須知他動手經驗雖不太多，但司空老人十年的教導，卻使得他在對付高手時情況的判斷，大異常人。

但此刻卻容不得他多加思索。他身軀一擰，方自避開身側的兩條青蛇，那四柄其白如雪的羽扇，便又四面八方地拍了過來。

漫天扇影之中，還夾雜著根根青竹，只要他身法稍有空隙，這些青竹便說不定會點在他身上哪一處重穴之上。

岑粲負手而觀，此刻也已確定這坐在車上的老婦，必定就是那紅衣娘娘溫如玉，因為普天之下，能夠將袖上的功夫練入化境的，除了這詭異毒辣的女魔頭外，實在再也找不出別人來。

他眼見卓長卿被那些紅裳少女困住，心下大為得意，而且他也看出這些少女所施展的身法，雖和自己在蕪湖雲宅所遇的相同，但身手配合得巧妙，卻又遠在那些少女之上，不禁暗道一聲僥倖。

起先他還以為紅衣娘娘名震武林之霓裳仙舞陣也不過如此，今日一見，才知道他那次不過是較為幸運而已，不但那些少女身手較弱，而且人數也較少，顯見是未能發揮這霓裳仙舞陣的威力，是以才被他容容易易地破解了出來。

他暗中忖道：「那日我遇著的若就是這些人，只怕那天便已栽在人家手裡了。」

他雖然驕傲自負已極，但那也只是表面上的神態而已。須知任何驕傲之人，自己心中尋思之際，必也並非一如他表面所顯露的。這道理世人皆同，岑粲自然也不例外。

他定睛而視，只見這霓裳仙舞陣之變化繁複，配合巧妙，實令人無隙可乘，心中又不禁大為高興：「這廝被困在這等陣式裡，他武功再好，只怕也抵受不住吧？」

幸災樂禍之心，使他更往前走了幾步，想看得更仔細些。

哪知被困在陣裡的卓長卿，情況並不如他所想像的不堪。此刻他雖已採取守勢，但精妙的步法和凌厲的掌風，卻使得那四柄羽扇、十四枝青竹，空自舞起滿天舞影，卻也無法逼進他身前半步。但一時半刻，他卻也無法脫身而出。

這時岑粲不覺間，已行近那輛香車之側。哪知身側突然響起了一個尖銳而刺耳的聲音，喝道：「住手。」

聲調雖不甚高，但岑粲耳中卻為之生出一種震盪的感覺，彷彿有人用支極尖銳的針，在他耳中戳了一下。

那些紅裳少女身形本自旋舞不息，但喝聲方住，岑粲只覺眼前一花，漫天紅影繽紛，這些紅裳少女竟都四下飄了開去，在卓然而立的卓長卿四側，圍成一道圓圓的圈子。

回目一望，只見那紅裳老婦，緩緩自車上站了起來，雙目一睜，神光炯然，她面上那種衰老之氣，竟一掃而空。

卓長卿微微一怔，卻見這老婦緩緩走到自己身前來，枯瘦的身材在寬大的衣衫中，宛如一根枯竹。

她緩緩而行，衣衫的下襟一直拖到腳面，使她看來有如躡空而行。卓長卿心中不知怎的，竟突然泛出一陣無法說出的寒意，微一定神，方待開口，哪知這老婦已森冷地說道：「方才你說什麼？」

卓長卿一挺胸膛，大喝道：「我問你十年前始信峰下的血債，你可曾忘了？」

這老婦利如鷹隼的目光，像利箭般在卓長卿身上一掃，冷冷地又說道：「那麼你就是那姓卓的後代了？」

卓長卿道：「正是。」

哪知道老婦目光一瞬，竟突然仰天長笑起來，笑聲有如梟鳥夜啼，令人難以相信這枯瘦而衰老的婦人，怎能發出如此高亢的笑聲來。

笑聲一頓，那被笑聲震得幾乎搖搖欲墜的枝葉，也倏然而靜，卻聽這老婦已自緩緩道：「這數十年來，死在我手下之人，何止千數，我正自奇怪，怎麼這些人的門人後代，竟從無一人來找我復仇的，哪知道——嘿嘿，今日卻讓我見著了一個。」

目光一側，又自望著岑粲喝道：「你又是誰？是否也是幫著他來復仇的？」

岑粲心中一凜，走前三步，躬身一禮，道：「晚輩和此人不但素不相識，而且——」

那紅裳老婦冷哼一聲，森冷的目光，凝注在他面上，接口道：「如此說來，你站在旁邊，是存心想看看熱鬧的了？」

語聲雖是極為平淡，但岑粲聽在耳裡，卻覺一股寒意，直透背脊，倨傲之氣為之盡消，怔了半天，方自恭聲答道：「晚輩和此人有些過節未了，是以——」

哪知那紅裳老婦不等他話說完，又自接口道：「你是否想等他與我之間的事情了後，再尋他了卻你與他之間的過節？」

岑粲微一頷首，卻見她又縱聲狂笑起來，一面說道：「好極，好極，看不出你年紀輕輕，倒還聰明得很——」

她話雖只說一半，但岑粲正是絕頂聰明之人，當然已瞭解她話中的含意，是說等會根本無須自己動手了，卓長卿已再無活路，自己豈非撿了個便宜。目光一轉，卻見這紅裳老婦目光又凜然回到卓長卿的身上，伸出一隻枯瘦的手來，一整頭上鬢髮，緩緩向他逼近了去。

一陣風吹動，岑粲身上似乎覺得有些寒意。他知道剎那之間，此地便要立刻演出一場流血慘劇了。

卓長卿只覺心中熱血奔騰，激動難安。十年來，他無時無刻不在等待這與仇人相對的一刻，於是十年的積鬱，此刻便如山洪般地爆發出來。

只是多年之鍛煉，卻使他在這種情況下猶能保持鎮靜，因為他知道，此刻正是生死存亡繫於一線之時，自己若能勝得了這不共戴天的仇人，一朝得報，心中便再無牽掛之事，否則，這醜人溫如玉也絕不會放過自己。

他努力地將心中激動之情，深深壓制，抬目而望，只見那醜人溫如玉也正在凝視著自己，一面不住點首道：「你這小孩子倒是長得有幾分和那姓卓的相像，只是比他——」

卓長卿見這醜人溫如玉此刻竟是一副滿不在乎的樣子，生像是根本沒有將自己放在眼裡，又聽得她提及自己的父親，說話之時，神態自若，就像是說起自己的知交故友一樣，哪裡像是在說一個被她殘害之人。

他更是悲憤填胸，暗中調勻真氣，只待出手一擊，便將她傷在掌下。

哪知紅衣娘娘溫如玉話說到一半，語聲突然一頓，身形毫未作勢，只見她寬大的衣袂向左一揚，便電也似的朝立在右邊的岑粲掠了過去，伸出右掌，倏然向岑粲當胸抓去。

岑粲心安理得地站在一邊，正待靜觀這玄衫少年的流血慘劇，哪知這紅衣娘娘竟突然向自己掠了過來，心中不由大驚，方待擰身退卻，先避其鋒，哪知這紅衣娘娘看來雖枯瘦衰老，身法卻快如飛矢，又是在岑粲萬萬料想不到的時候出手，岑粲身形還未來得及展動，前胸的衣襟，已被一把抓住。

他片刻之間，一連兩次被人家抓住前胸的衣襟，雖說兩次俱為自己意料不到，是以猝不及防，但終究是十分丟人之事，心中羞惱交集。眼看這紅衣娘娘的目光，冰冷地望著自己，既怯於她的武功，又怯於她的聲名，便不敢貿然出手，只得惶聲問道：「老前輩，你這是幹什麼？」

紅衣娘娘溫如玉陰惻惻地一笑，緩緩說道：「十年之前，黃山始信峰下，你是否也是在場的人其中之一？」

岑粲心中一凜，十年前的往事，閃電般地在心頭一掠而過——

那時他還是個年齡極幼的童子，雖然在豪富之家，但卻一直得不到父母的歡心，他天性偏激，也就越發頑劣，應該入塾念書的時候，他卻偷偷地跑到荒墳野地中去獨自嬉戲。

哪知，一天卻有個羽衣星冠的道人，突然像神仙似的自天而降，問他願不願意離開家庭，去學武功。他一想父母對自己本無情感，自己留在家裡也毫無意思，倒不如學得一身本事，也像這道人一樣能在空中飛掠，那該多有意思，便毫不考慮地一口答應了。

後來他才知道，這道人便是名震武林的萬妙真君，便與另兩個和自己年齡相仿的孩子，跟著他一起到了黃山。

於是十年前黃山始信峰下那一幕驚心動魄的往事，此刻便又歷歷如在眼前。

飛揚的塵砂，野獸的嘶鳴，氣魄慷慨的中年漢子，溫柔美麗的中年美婦，跟在他們身側的幼童，和自己的師父見著他們時，面上顯露的神情，便也一幕幕自眼前閃過。

他想起那骨瘦如柴的紅衫婦人，貌美如仙的天真女童，和最後發生的那一段慘劇，再看到眼前這玄衫少年對這紅衣娘娘的神情，不禁心中大為恍然，忖道：「原來這玄衫少年便是十年前，跟在那中年美婦身側的孩子，這紅衣娘娘便是殺死他父母的仇人。」

又忖道：「那三幅畫卷中的美女之像，便是方才在城牆上所見的絕色少女，而這絕色少女，想必就是十年前那貌美如仙的絕色女童了。難怪我見著那幅畫時，便覺得十分眼熟，原來竟是這麼回事。」

卓長卿方才見那醜人溫如玉竟陡然捨卻自己，而向那黃衫少年出手，心中方自一怔，但聽到溫如玉冷冷向那黃衫少年問出來的話之後，心中也不禁恍然而悟，忖道：「原來這黃衫少年就是十年前始信峰下的黃衫童子。」

便也想到自己方才所見的絕色少女，必定就是那嬌美女童，不禁暗歎一聲，又忖道：「造化安排，的確弄人，十年前在那小小一片山崖上的人，經過十年之久，竟又聚集一處。」

他卻不知道造化弄人，更不止於此，非但將他們聚作一處，更將他們彼此之間的情仇恩怨，密密糾纏，使得他們自己也幾乎化解不開哩。

那紅衣娘娘一把抓住岑粲，卻見他竟呆呆地愣住了，眼中一片茫然，竟不知在想著什麼，亦是大為奇怪，冷叱一聲，又自喝問道：「你可是那萬妙真君的弟子？哼哼，你那師父一生奸狡油滑，想不到收個徒弟，也是和他一個模子刻出來的。」

岑粲微一定神，吭聲道：「家師正是萬妙真君。晚輩常聽家師說起老前輩來，說他老人家和老前輩是多年深交。此刻老前輩如此對待晚輩，卻叫晚輩好生不解。」

那醜人溫如玉突又仰天長笑起來，長笑聲中，連聲說道：「多年深交，多年深交——」

笑聲突然一頓：「好個多年深交！十數年來，便宜的事都讓他占盡了。十年之前，我和那姓卓的無冤無仇，都是為了這個多年深交，才——」

她語聲突又一頓，轉過頭去，向卓長卿森冷地說道：「我說我的，不關你的事。你爹爹的確是我殺的，你要報仇，只管衝著我來好了。」

目光再次轉向岑粲，指道：「自從那日之後，你師父又不知算計了我多少次。我只道是天下奸狡之人，再也莫過於萬妙真君的了，嘿嘿，哪知你這小鬼，也比他差不多少。我問問你，你方才既說與這姓卓的後人素不相識，怎麼又說和他有著過節未了？你和這素不相識之人究竟有什麼仇恨，你倒說給我聽聽看。」

岑粲不覺為之一怔，暗問道：「我和這姓卓的有何仇恨？」卻連自己也回答不出。須知他對卓長卿極為妒恨，但這種妒恨又豈能在別人面前說出來，又怎能算得上是過節呢？

紅衣娘娘溫如玉望著他面上的神情，冷笑一聲，又道：「你心裡到底在打著什麼算盤？快跟我老老實實地說出來，否則——嘿嘿！」

手腕一緊，幾乎將岑粲離地扯起。

岑粲劍眉一軒，抗聲道：「晚輩所說句句俱是實言，晚輩素仰老前輩英名，又怎會對老前輩懷有不軌之心——」

話猶未了，驀然欺身一進，指戳肘撞，雙手各擊出兩招，左腿也同時飛起，橫掃溫如玉右膝。

溫如玉不禁為之一驚，再也想不到這少年會斗膽向自己出手，而且招招狠辣，無一不是擊向自己要害。她武功再高，也不能不先圖自救，手腕一鬆，錯步仰身，倏然滑開數步。

岑粲胸前一鬆，亦自擰身錯步，退出一步。須知他乃十分狂傲之人，雖對紅衣娘娘有所怯懼，但心下亦大為氣憤，此刻見自己微一出手，便使得她不得不放鬆手掌，不禁冷笑暗忖：原來她武功也不過如此。

怯懼之心，為之大減，雙手一整衣衫，又道：「老前輩口口聲聲譏嘲辱罵於我，實不知是何居心。家師縱然對老前輩有不是之處，但家師並未死去，老前輩卻也不該將這筆賬算在晚輩身上呀！」

言下之意，自是暗譏這醜人溫如玉只知以上凌下，以強凌弱，卻不敢去找自己的師父算帳。

如此露骨之話，溫如玉怎會聽不出來。岑粲目光凝注，心想她必定又要仰天狂笑，或是暴跳如雷。哪知道望了半晌，這詭異毒辣的女魔頭面上，不但連半絲表情都沒有，而且目光黯淡，像是正在想著心事，又像是根本沒有聽到自己的話。

這麼一來，自然大大出了岑粲意料，轉目一望，卻見玄衫少年——卓長卿亦在俯首深思，他心下不禁大奇，自忖道：「這廝怎麼如此奇怪，起先一副聲勢洶洶、目眥盡裂的樣子，此刻卻又站在這裡發呆——」

轉目一望，那紅衣娘娘亦仍垂首未動。

「這溫如玉怎麼也如此模樣，倒像個十七八歲的大姑娘想情郎的樣子。」

目光四掃，只見那十餘個紅裳少女，有的手持青竹，有的輕捧羽扇，遠遠圍成一圈，竟也是一個個目光低垂，一副無動於衷的樣子。

岑粲人雖狂傲，機智卻深，此刻暗中冷笑一聲忖道：「這些人一個個都像有著三分癡呆，我卻又留住這裡做什麼。」

須知他與紅衣娘娘以及卓長卿之間，本無深仇大恨，雖對卓長卿有些妒恨，但忖量眼前局勢，知道自己若還留在這裡，非但毫無用處，只怕還要惹些麻煩。又看到這些人都在出著神，像是根本沒有注意自己，心念一動，再不遲疑，回身便走，只希望那紅衣娘娘不要又突然攔住自己。

走了幾步，身後沒有反應，他又忍不住回頭望去，哪知方一回顧間，那紅衣娘娘的面容，卻又赫然在他眼前，一面冷冷道：「你師父現在哪裡？」

岑粲心中一陣劇跳，往前一躥七尺，方敢轉回頭，卻聽這紅衣娘娘森冷地又追問一句：「你師父現在哪裡？」

岑粲暗歎一聲，知道自己的師父必定做了一些非常對不起這紅衣娘娘之事，心中一動，忽然想起她方才的神色，心想：難道師父他老人家和這奇醜的怪物，有著什麼情感的糾紛？

一念至此，不禁又向這醜人溫如玉仔細看了兩眼，只覺她不但醜得嚇人，而且蒼老已極，只怕世上不會有任何一個男人會愛上這種女子。

心中轉了幾轉，這狡黠的少年不禁疑雲大起，沉吟半晌，方自說道：「家師現在何處，晚輩也不知道。老前輩與家師本是故友，怎的此刻卻問起晚輩了？」

那醜人溫如玉面上本是極其森冷的神色，突然變得十分奇特，目中威光盡斂，竟幽幽歎道：「我已將近五年沒有見著他了，唉——不知他為什麼總是不願見我——」

日光一垂，又陷入深思裡，像是在回憶著什麼。

她這種情感的變化，看在岑粲眼裡，岑粲不覺為之暗笑一聲，知道自己方才的推測，並不離譜，奇怪的只是自己的師父年華雖已老去，卻仍風度翩翩，不知怎的竟會搭惹上這種女子。

他卻不知道那萬妙真君尹凡之陰險狡詐，世罕其匹，果真為著一事，而騙了這醜人溫如玉之情感。原來溫如玉有生以來，從未有過一個男人喜歡過她。她面上雖然毒辣怪僻，其實心中又何嘗不在渴望著一個男人的溫情。

而尹凡就利用了她這個弱點，使得她全心全意地愛上自己，等到他覺得她已不再值得自己利用，便一腳將她踢開。

這當然使溫如玉痛苦到了極處。只是情感一事，偏又那麼微妙，她雖然將他恨到極處，卻偏偏又忘不了他，只希望他能回心轉意。

這種複雜而微妙的情感，才使得她方才的神色，生出那麼多變化。只是岑粲雖是尹凡的弟子，對這段事卻一點也不知道。

這兩人對面而立，心中各有所思，哪知遠遠站在一邊的卓長卿，此刻竟突然以拳擊掌，像是心中所思已有了決定，抬目四望一眼，便自如飛掠來，口中厲喝一聲，道：「姓溫的，不管你是為著什麼，我爹爹總是死在你的手下，今日你武功若強勝於我，那麼你就一掌將我擊死，否則的話，我就要以你頸上人頭，來祭爹爹的在天之靈。」

溫如玉倏然從甜蜜的夢幻中驚醒過來，聽他說完了話，面上不覺又泛起一陣陰惻惻的笑容，掃目一望岑粲，冷冷道：「你別想走！」

才轉過頭向卓長卿道：「我若一掌將你擊死，那麼姓卓的豈非再無後代，你爹爹的大仇，豈非永將沉於海底——哼哼，我先還當你是個孝子，哪知卻也是個無用的儒夫！」

卓長卿呆了一呆。他方才見了這醜人溫如玉的身法，知道自己並無把握能夠取勝，今日若想復仇，實是難如登天，本想乘著她和那黃衫少年答話之際，借機一走，回到王屋山去，將武功苦練一番，再來復仇。

但轉念一想，此刻大仇在前，自己若畏縮一走，又怎能再稱男子？須知他本是至陽至剛之人，正是寧折毋彎的性格，心想便是今日拋卻性命，也要和這紅衣娘娘拚上一拚。他心中唯一顧慮的，只是自己若死了，又有誰會為爹爹復仇。

此刻這醜人溫如玉的話，竟講入他的心裡，他一呆之後，訥訥說道：「我若死了，我爹爹相知滿天下，自然有人會為他復仇的。但今日我若將你殺死，只怕連個復仇的人都不會有哩。」

醜人溫如玉雙目一睜，威光暴現，但卻又哈哈笑道：「好個相知滿天下！我倒要問問你，我老人家將你爹爹擊斃已有十年，怎麼就沒有人來找我老人家為他報仇的？」

卓長卿不禁又為之一愣，不知道她說此話到底是何用意。沉吟半晌，突然朗聲道：「我們姓卓的代代相傳，做事但求心安而已。今日我若放過了你，便將食不知味，臥不安寢。你多說也無用，何況——哼，你武功雖高，我卻也不畏懼於你。」

醜人溫如玉哈哈大笑，說道：「好極，好極，我老人家就衝著你這份志氣，倒是要給個便宜給你占占——」

她語聲一頓，笑容盡斂，冷冷又道：「今日你若勝得了我老人家一招半招，你便儘管將我頸上人頭割去，祭你爹爹之靈，我老人家絕不會說半個不字。」

卓長卿冷冷一笑，道：「閣下名滿天下，自然不會失信於我一個後生晚輩，這個我倒放心得很。只是——」他目光向那些圍在四側的紅裳少女一掃。

醜人溫如玉已自冷叱道：「你把我老人家當作什麼人？難道我還要這些小丫頭幫忙不成！今日你我兩人動手，誰也不准有人幫忙。如果你勝了，你大仇得報，也——」

她語聲一頓，像是輕微地歎了一聲氣，接道：「也不會有人找你復仇。」

卓長卿一挺胸膛，朗聲接道：「如果閣下勝了，也儘管將在下頸上人頭取去就是——」

溫如玉微一擺手，冷冷笑道：「如此說來，我老人家還算給你占什麼便宜？」

卓長卿怔道：「那便怎的？」

心中不禁大為奇怪，難道這魔頭心腸變了不成？

卻聽溫如玉一笑接道：「你若敗在我的手下，只要代我做成一事，日後你再練武功，仍可找我老人家來復仇，我老人家也不會怨你。」

此話一出，不但卓長卿大出意外，那岑粲心中亦自大奇，轉念又忖道：「這紅衣娘娘要他做的事，必定比死還要困難十倍。哼，若是她要與我訂此賭約，我再也不會答應的。」

側目而望，只見那玄衫少年——卓長卿的雙拳緊握，目光低垂，正在想著心事。

卓長卿何嘗不知道這溫如玉所提出之事，必定萬分困難，但無論如何，自己今日若敗於她手下，也只有此法才能有再次復仇的機會，微一咬牙，抬起頭來，朗聲道：「君子一言——」

溫如玉冷然接道：「難道我老人家還會戲弄於你不成？」

岑粲暗中一笑，忖道：「這下姓卓的准要上當了。」

雙手一負，靜聽下文。

卓長卿朗聲道：「那麼就請閣下快些說出來。」

溫如玉冷冷笑道：「要是此事你無法辦成又該如何？」

岑粲暗中又一笑，心想這紅衣娘娘果然難纏，她要是說出一個卓長卿根本無法辦到之事，那豈非還是與叫卓長卿不勝便死一樣。

卓長卿果然亦是一怔，朗聲道：「閣下所說之事，要是根本就非在下能做之事，而是強人所難，那麼閣下就毋須說出來，反正我卓長卿根本未將生死之事放在心上。」

溫如玉怫然道：「此事自是你能力所及。」

卓長卿挺胸道：「此事若是在下能力所及，亦無愧於忠義，在下雖不才，但有生以來，卻從未認為一事是人力無法辦到的。」

溫如玉森冷的面上，泛起一絲笑意，頷首道：「如此好極——」話聲未落，突然身形一展，電也似的掠到卓長卿身前，左掌斜劈，右掌橫切，只剎那之間，兩招齊出。

卓長卿復吃一驚，這兩招之突來，雖然大出他之意料，但他面對仇家，早已戒備，是以此刻也並不慌亂，右掌微一伸縮，引開她斜擊之力，腳下錯步，滑開三尺，口中卻喝道：「閣下之事尚未說出，怎麼突然動起手來？」

溫如玉冷冷說道：「你若勝了我，此事根本無須再說。你若敗了，我也絕不取你性命，到那時再說也不遲。」

口中雖在說著話，但身手卻未因之稍頓，霎眼之間，掌影翻飛，已拍出十餘掌。

岑粲本在靜聽這溫如玉究竟要說出什麼事來，見她突然出手，亦是大奇，但轉念忖道：「這紅衣娘娘果然狠辣，首先逼得這卓長卿動手，他若敗了，那時君子一言，快馬一鞭，依這姓卓的個性，無論溫如玉說出任何事來，他都萬萬不會反悔不做。但是這紅衣娘娘費了如此周章，卻到底是要那姓卓的做什麼事呢？」

心念至此，好奇之心大起，但突又想到這紅衣娘娘方才喝令自己留下，不知要對自己玩什麼花樣，此刻乘她正在動手之際，自己若不乘隙一走，更待何時？反正是無論要那姓卓的做什麼事，都與自己無關，自己又何苦一定要知道。

他略一權衡利害，什麼熱鬧也不想看了，身形一轉，方待掠走，哪知目光動處，那些紅裳少女已不知什麼時候，在自己身側圍了個圈子，不禁暗歎一聲，索性負手而立，凝目於這紅衣娘娘和卓長卿的比鬥，再也不作逃走的念頭。

溫如玉倏然拍出十掌。她手掌雖然枯瘦，但其掌力卻是凌厲無比，帶得卓長卿頭上的頭巾，獵獵飛舞。方才她和這少年稍一動手，便知道他年紀雖輕，武功卻非等閒，是以招招俱是殺手，十招一過，便已盡占先機，將卓長卿壓在滿天掌影之下，幾乎尋不著空隙還手。

但卓長卿身受久負天下武林第一高手之譽的司空老人十年親

炙，加上先天之資，後天之調，俱是好到極處，掌揮拳擊，守了十數招，突然大喝一聲，雙掌俱出，當胸猛擊。他這一招雖然空門大露，全身上下幾無一處不在對方掌鋒之下，但溫如玉目光動處，只見他指尖斜並，掌心內陷，竟是內家登峰造極的掌力，心中不禁一凜，知道自己縱然能將他一掌擊斃，但自己前胸若被他這雙掌擊下，亦是再無活路。

她目光動處，身形已隨掌風飄出，但等到卓長卿一擊之勢，已將勢竭，遂又一掠而前，倏然三掌，拍向他的面門。

卓長卿悶哼一聲，撤掌擰身，堪堪避開這三掌，突又雙掌同擊，但卻是一上一下，右掌上攻左額，左掌下切右肋，不但掌風虎虎，不在方才那兩掌之下，而且掌式變幻無倫。溫如玉享名武林數十年，是何等人物，但此刻卻竟也看不出他這掌招的來路，當下身形一動，倒打金鐘，竟又倏然掠出兩丈開外。紅衫飄舞，風聲獵獵，宛如行雲流水。

卓長卿見她身形倏忽來往，瞬目之間，已進退數次，心下也不禁駭然，雙腿釘立如樁，雙掌一招連著一招地猛擊出來，將地上的砂土都激得飛揚而起。那凝目而望的岑粲，見到他掌力竟如此驚人，心中驚怒交集，暗暗忖道：「以他這種身手，武林中除了有數幾人之外，還有誰是他之敵手？想那天目山之會，也必定要被他獨佔鰲頭——」

妒怒之下，更立心要將此人除去。

卓長卿這一輪急攻，看似雖將溫如玉逼退，而搶得先機，但只要自己掌力稍有空隙，溫如玉立即快如閃電地欺身而進，若非他年輕力強，內力含蓄又深，便早已不敵。

但饒是如此，這種全憑內家真力的掌力，究竟容易虧損，越到後來，他就越感吃力。只見溫如玉紅衫飄飄，身形仍然從容自若，而且越逼越近，不消數十招，卓長卿便又落在下風。而這一次，他內力將竭，卻連平反之力都沒有了。

紅日既升，驕陽如火，卓長卿的額角鼻尖，也已沁出汗珠。他不禁暗中長歎，知道再過數十招，自己就將連還手之力都沒有了。

此刻他雖在動手，但心中卻是思潮翻湧，悲憤填胸，知道今日自己復仇已是無望了。

又折了十數招，卓長卿暗道一聲：「罷了。」呼呼攻出兩掌，縱身退出圈外，垂手而立，黯然道：「閣下究竟是何事，只管說出便是。」

溫如玉長袖一拂，仰天笑道：「勝則勝，敗則敗，你這孩子倒的確是個磊落的男兒。」回首側目一望岑粲，面上笑容盡斂，又道：「比你和你師父都強得多了。」

岑粲心中暗哼一聲，轉過頭去，故意向對面站著的一個紅裳少女微微一笑。

溫如玉目光動處，寒光凜然，恨聲道：「果真與他師父一個樣子了。」

雙掌一拍，那十餘個紅裳少女突然同時嬌聲一笑，岑粲只覺眼前微花，漫天的青竹、羽扇，已自當頭壓下，他不用思索，就知道自己又陷入那霓裳仙舞陣了。

溫如玉冷笑一聲，雙掌又一拍，那些紅裳少女口中突然曼聲唱了起來，身形也越舞越疾。岑粲只見一道道紅牆接二連三地向自己壓了過來，方自擊退一道，另一道就跟蹤而來。他雖已領教過霓裳仙舞陣的滋味，但此刻亦不禁駭然。

卓長卿閃目而視，只覺這些少女歌聲一起，陣法的變幻，就更玄妙迅快，才知道方才自己陷入陣中時，人家並未使出全力來，心下不禁更驚，知道自己復仇，只怕越發困難。

卻見溫如玉眼望著困在陣裡的岑粲，面上又露出極為奇特的神色來，垂首沉吟了半晌，方自側目向卓長卿道：「我此事說出，非但不是加害於你，反卻是件別人求之不得之事，你若像他一樣──」

她隨手一指岑粲，冷哼一聲，接道：「只怕你跪在地上求我，我還不答應哩！」

卓長卿心中一愣，面上卻仍是木無表情。須知他此刻既敗於自己仇人之手，又得聽命於她，心中羞愧自責之情，正是無以復加，若不是忖念自己父仇未報，連死都不能，只怕他早已引頸自決了，至於溫如玉叫他所做之事是好是壞，根本未在他心上。

他冷然而望，只見這紅衣娘娘溫如玉突然長歎一聲，緩緩道：「數十年來，我費了無窮心力，搜盡天下的奇珍異寶。為著這些身外之物，我不知造下多少殺孽，唉——直至此刻，年華已去，那些東西價值雖高，卻又怎能挽回既去的青春——」

她話聲突然一頓，雙目凜然一睁，眨也不眨地望在卓長卿面上，冷然接道：「只是那些東西，卻仍然是無價之寶，世人想求一件，亦不可得。我近年來雖被一人騙去不少，但所餘之物，仍然非同小可。別的不說，就單以寶劍一樣，就全都是武林中人夢寐以求之物，你知道嗎？」

卓長卿茫然點了點頭，她便又接道：「我之一生，孤僻寡合，常人只要稍拂我意，我便一掌擊斃。是以武林中人，當著我面，都尊稱我一聲『紅衣娘娘』『紅衣仙子』，但卻沒有一人不在背後將我罵得體無完膚。哼，只是那些傢伙俱是豬狗不如，無論他們怎麼罵，我都不放在心上。」

卓長卿見她越扯越遠，心下正是不耐，卻聽她又歎道：「這些話我一生之中，從未對人說過，今日不知怎麼，竟對你說了出來。也許是我年輕的時候，脾氣也跟你一樣，是個寧折毋彎的牛脾氣，是以一見你，便覺投緣。這倒真是奇怪得很。」

她長歎一聲，緩緩向那輛華麗的香車走去。卓長卿見這素來殺人不眨眼的女魔頭，此刻竟對自己說出這種話來，怔怔地望著她那枯瘦的背影，心裡想到她一生的寂寞，同情之心，油然而生，幾乎已忘卻她是自己不共戴天的仇人。

須知他情感極為豐富，是以此刻才有這種心情，亦自緩緩移動腳步，跟了過去。只見她沉重地坐到車上，像是她衰老的一生之中的一連串寂寞的歲月，已使得她此刻極為疲倦，世間無論任何人，又還有哪一件更比寂寞令人難以忍受的呢？

哪知她方自坐到車上，目光突又一凜，森冷地說道：「你若不遵諾言，我一樣還是要你的命。哼，你莫以為我真的對你好——」

卓長卿不禁又一愣，心想這紅衣娘娘性情真令人難以捉摸，卻見她身形一倒，靠在車上的絲墊上，霎眼之間，又彷彿衰老許多，老得令人難以相信她是個震懾武林的魔頭。

只見她雙目睜開一線，仰視著白雲蒼穹，沉思了片刻，又道：「我一生之中，恨盡天下人，天下人也盡恨我，但只有一人，卻是我真心愛著的，為了她，叫我立刻去死，我也不會稍有猶豫——」

說至此處，她面上竟又滿含溫情之意。卓長卿暗歎一聲，心裡卻奇怪，能被這女魔頭深深愛著的，又是什麼人呢？轉念又想：這人是誰，與我又有何關係。不禁又暗罵自己，怎麼會對這殺父的仇人生出同情之心來。

於是他目光一凜，沉聲道：「閣下究竟有何事——」

哪知溫如玉卻根本沒有聽到他的話，仍然自管自地說下去，道：「你是個正直而倔強的孩子，所以我才告訴你，我所深愛之人，就是我那唯一的徒弟。那天在始信峰下，想必你也見過她了，只要你不是瞎子，你總該看出她是多麼美麗。我一生之中見過的女人雖有不少，但卻從未見過有一人比她更好看的了！」

她微微一歎，又道：「只是這孩子表面雖溫柔，骨子裡卻倔強得很，跟我一樣，是天生的壞脾氣，有這樣脾氣的人，就算她武功再高，還是要一生受苦。我自己知道我年紀老了，活不長了，就開始為她擔心，不知道她將來怎麼辦。」

這名懾天下的魔頭，此刻斜倚香車之上，竟娓娓與卓長卿話起家常來了，卻將她究竟要卓長卿做什麼事一字不提。

卓長卿心中越聽越是不耐，但不知怎麼，卻不忍打斷她的話。他卻不知那被困在霓裳仙舞陣中的岑粲，心中的急躁，更遠在他之上，只恨不得從那竹風扇影之中飛身而出，飛到這裡來，聽聽溫如玉說的是什麼。

但他輕功雖高，此刻卻被那些旋舞著的少女逼得寸步難行。他目光斜瞟處，只見那紅衣娘娘娓娓而言，而那卓長卿卻在垂首靜聽，心裡更奇怪，不知她究竟在說什麼，急躁之下，出手便急，但他使盡全力，卻也不能脫身而出。

一段時間過後，他發現這些紅衫少女的身形雖仍轉動不息，但卻並不存心傷他，只是將他層層圍住而已，於是他出手之間，便只攻不守，這麼一來，威力雖增強一倍，卻也仍然無法傷得了人家。

他武功雖不弱，此刻氣力卻也已覺著不支，心裡想到方才卓長卿撒手認輸之事，亦自暗歎一聲：「罷了。」

身形一停，不再出手。

哪知身前身後，身左身右，一些並不致命的地方，就在他停下身形的那一剎那，便已輕輕著了十數掌，耳邊只聽那些少女嬌聲笑道：「看你還蠻像樣的，怎麼這麼不中用呀？」

打得雖輕，笑得雖甜，但打在岑粲身上，聽在岑粲耳裡，直比砍他一刀還難受。此刻他縱然要被活活累死，卻再也不會停手的了，狂吼一聲，攻出數掌。但強弩之末，不能穿魯縞，他雖存心拚命，卻也無用。

請續看《月異星邪》下

•典藏古龍•

古龍散文全集

—葫蘆與劍 人在江湖—

資深古龍評論家 **陳舜儀**—編著

華人界最齊全的古龍散文全集，特別收錄古龍墨寶數幅
讀古龍散文，讓你更能理解他這個人

一提起古龍，世人想到的是小說、是電影，絕不會是散文。可偏偏古龍寫過上百篇的文章，談武俠，談人生，談時事，談情人，談朋友，談回憶。若是錯過，便要失去從另一視角認識這位大師的機會。

古龍以其大起大落的奇特人生，確保了他人無法複製的精神世界。他的散文也一如小說那樣的獨特，讀他的文章，能更理解他這個人、他的創作和美學觀念，他小說的背景，他的社會關係網，以及浪子之所以成為浪子的風華年代。

古龍真品絕版復刻 6

月異星邪（上）

作者：古龍
發行人：陳曉林
出版所：風雲時代出版股份有限公司
地址：10576台北市民生東路五段178號7樓之3
電話：(02) 2756-0949　　傳真：(02) 2765-3799
封面影像處理：許惠芳
執行主編：劉宇青
行銷企劃：林安莉
業務總監：張瑋鳳
出版日期：2022年10 月
ISBN ：978-626-7153-25-3

風雲書網：http://www.eastbooks.com.tw
官方部落格：http://eastbooks.pixnet.net/blog
Facebook：http://www.facebook.com/h7560949
E-mail：h7560949@ms15.hinet.net
劃撥帳號：12043291
戶名：風雲時代出版股份有限公司

風雲發行所：33373桃園市龜山區公西村2鄰復興街304巷96號
電話：(03) 318-1378　　傳真：(03) 318-1378
法律顧問：永然法律事務所 李永然律師
　　　　　北辰著作權事務所 蕭雄淋律師

行政院新聞局局版台業字第3595號 營利事業統一編號22759935

定價：320元　

國家圖書館出版品預行編目資料

月異星邪 (古龍真品絕版復刻6-7)／古龍著. --
臺北市：風雲時代出版股份有限公司，2022.08
冊；　公分.
ISBN : 978-626-7153-25-3（上冊 : 平裝）
ISBN : 978-626-7153-26-0（下冊 : 平裝）

857.9　　　　　　　　　　111009564